CHWEDLAU NANT GORS DDU

Chwedlau Nant Gors Ddu

*Llyfr 6 o helyntion
Tomos a Marged*

W. J. Gruffydd

Rhagair gan T. R. Jones
Cartwnau gan Tegwyn Jones

Argraffiad cyntaf—2001

ISBN 1 84323 035 6

ⓗ W. J. Gruffydd

Mae W. J. Gruffydd wedi datgan ei hawl dan
Ddeddf Hawlfraint, Dyluniadau a Phatentau 1988
i gael ei gydnabod fel awdur y llyfr hwn.

Dymuna'r cyhoeddwyr gydnabod cymorth
Adrannau Cyngor Llyfrau Cymru.

Argraffwyd gan
Wasg Gomer, Llandysul, Ceredigion SA44 4QL

Cynnwys

Cyfres Tomos a Marged

Eglurhad

Ym mis Mehefin 1998 adeg dathlu canrif a thri chwarter yr Achos yn Soar y Mynydd (flwyddyn yn hwyr) cyfarfum â hen gyfaill bore oes. Yn ystod ein sgwrs hir a diddorol ef a brociodd fy nghof i gofnodi rhagor o helyntion Tomos a Marged pan oeddent yn byw yn Nant Gors Ddu, cyn iddynt symud o aelwyd i aelwyd megis ieir ar y glaw.

W. J. Gruffydd
Mehefin 2001

Rhagair

Braint annisgwyl, ond braint bleserus iawn oedd cael gwahoddiad i ysgrifennu ychydig eiriau o ragair i'r chweched gyfrol o Fabinogi yr hen bâr annwyl ac adnabyddus Tomos a Marged.

Yn y gyfrol ddiwethaf llwyddodd W. J. Gruffydd yn rhyfeddol i drawsblannu dau mor wladaidd a Tomos a Marged i bridd soffistigedig tre Llanamlwg.

Eithr yn y gyfrol hon dychwelodd y ddau i'r hen gynefin yn Nant Gors Ddu, i gwmni yr hen gydnabod, yr Ast Felen, Leisa Gors Fach, Hanna Jên, Ianto'r Post a Wil Soffi, a llawer cymeriad rhywiog arall, heb anghofio wrth gwrs fod ymhlith y werin ar dir yr ymylon ambell i Mrs Sera Amelia Ffyrcot-Jones.

Pwy all anghofio'r portread anfarwol o'r wraig uchel-ael honno yn y gyfrol gyntaf! Dyrchafwyd hi i'w statws gan sigaret a phwdl, ac y mae bore heb goffi megis wyneb heb bowdwr iddi hi.

Byddai disgwyl awchus iawn yn y bröydd hyn am ddyfodiad y Teifi Seid i gael hynt a helynt diweddaraf yr hen gwpl annwyl, yn wir bedyddiodd un o'm diaconiaid bob gwraig mewn côt ffwr yn Mrs Ffyrcot Jones, a phob gyrrwr tacsi yn Wil Soffi.

Cofiaf yn dda aros rywdro gyda llond bws o'r ardal hon yn un o'r tai bwyta sydd ar fin y draffordd, ac wrth weld nifer o yrwyr lorïau yn seiadu wrth un o'r byrddau meddai un o'r cwmni, 'Fel 'na ma dreifers pell.' Do, aeth dywediadau rhai o gymeriadau ffraeth W. J. Gruffydd yn ddiarhebion ar dafod leferydd dynion.

Bydd yr un croeso twymgalon yn sicr eto i'r gyfrol hon. Diolch i W.J. am oriau lawer o chwerthin iach ac o ddiddanwch pur, diolch i Mrs Jane Gruffydd hithau am ei ysbrydoli y tu ôl i'r llenni.

Yn y gyfrol gyntaf o *Tomos a Marged* yn 1965, ceir chwech o englynion o waith y diweddar Brifardd Tomi Evans, Tegryn; dyma'r chweched englyn:

> Pâr o deip a ŵyr dipyn—yn eu ffordd
> Am ffawd ac am gyd-ddyn;
> Arwydd o'u hoes yw'r ddau hyn,
> A hen stalwards i'w dilyn.

Parhaed y pleser o'u dilyn am gyfrolau lawer i ddod.

T. R. Jones

Gwobr ar Gam

Saif Eisteddfod Fawreddog y Sulgwyn, yn y Capel Bach, yn glir iawn yng nghof llawer ohonom sy'n dal ar dir y byw.

Pan ddaeth 'Bilco', mab Sara Phebi a Stan, o Gwm Aberdâr, i dreulio rhan o'i wyliau yn Nant Gors Ddu, penderfynodd ei Anti Marged y dylai'r crwt gael cyfle i ddangos ei ddawn a'i dalent ar lwyfan eisteddfod y capel.

William Thomas oedd ei enw iawn, ond mynnodd ei dad, a ddotiodd ar Bilco y gyfres o ffilmiau Americanaidd, fabwysiadu'r enw hwnnw ar ei fab, a diflannodd William Thomas o wefusau'r perthnasau agos a phell.

Cyn gynted ag y cyrhaeddodd yr ymwelydd, cafodd Tomos orchymyn i fynd ar unwaith at Jones Insiwrans, Premium House, i ofyn am raglen, am mai ef oedd ysgrifennydd yr eisteddfod ers y dydd hwnnw pan bwdod Miss Jones Inffants, am na roddodd yr argraffydd esgeulus y B.A. (Hons) hanfodol ar ôl ei henw ar y rhaglen y flwyddyn cynt.

Nid oedd gan Wncwl Tomos fawr o ffydd yn nyfodol epil Sara Phebi a Stan fel adroddwr. Crafodd ei ben wrth geisio dyfalu am esgus rhesymol i'w arbed rhag mynd ar siwrne seithug. Nid oedd am ddweud yn blwmp ac yn blaen nad oedd gan Bilco obaith cath yn uffern yn erbyn cystadleuwyr profiadol.

'Ma' gen i ddigon o waith arall heblaw gwastraffu yr holl amser defnyddiol,' oedd ei ddadl wantan.

'Cer, Tomos bach. Ma' owns o faco yn disgwl amdanat ti yn y drâr,' meddai Marged wrth wenu'n ymbilgar arno.

Bu sôn am owns o *Ringers' Best* yn ddigon o abwyd i lwgrwobrwyo Tomos i fynd ar ei union i Premium House. Roedd yn amau doethineb Marged yn fawr, er fod Morgan ei chefnder yn dad i Ifan Defi, gweinidog Saron, Cwmheble. Ymffrostiai Marged fod y cefnder hwnnw, sef Mocyn, yn nyddiau ei blentyndod wedi ennill y drydedd wobr allan o bedwar cystadleuydd mewn Eisteddfod Gadeiriol Semi-nashynal ryw Nadolig pell yn ôl.

Cyn iddo gyrraedd y pentref adnabu Tomos gar melyn Jones Insiwrans yn dod i'w gyfarfod. Neidiodd Tomos i ganol y ffordd fel dyn gwyllt a gwallgof a chwifio ei freichiau fel melin wynt mewn storm, nes gorfodi Jones i wasgu ei droed yn ffyrnig ar y brêc.

'Be sy'n bod arnoch chi, y dyn dwl?' gwaeddodd yn wridog ei wyneb, cyn ymwelwi wrth arswydo y gallai fod wedi lladd fforddolyn anghyfrifol. Tynnodd anadl hir, a chyfrif at un ar ddeg wrth weld y ffwlcyn yn nesáu at y cerbyd i gyfiawnhau ei stranciau dwl.

Plygodd Tomos ei ben a gwthio'i wyneb i'r ffenestr agored heb wneud unrhyw sylw o gyflwr y gyrrwr. Lwc iddo gyfarfod â'r union berson yr aethai i'w weld. Dywedodd ei neges:

'Ma'r fenyw 'co sy 'da fi yn gofyn am raglen steddfod, er mwyn i Bilco ga'l adrodd.'

'Pwy yw Bilco?' gofynnodd Jones yn ddi-amynedd, gan ddwyn ar gof er hynny iddo golli mwy nag un cwsmer wrth iddo golli ei dymer.

Daeth geiriau yr arolygydd yn ôl iddo, pan alwyd ef i'r swyddfa: 'Remember this, Jones – never lose your temper whatever the temptation. You should count to ten and one over to be safe.'

Ond nid oedd Lucas y Siwper erioed wedi cyfarfod yn sydyn â ffwl fel Tomos Nant Gors Ddu, os oedd ei fath yn bodoli ar wyneb y greadigaeth, yn arbennig ar ffordd y mynydd. Eglurodd Tomos pwy oedd Bilco.

'Crwt bach Sara Phebi a Stan, perthnase Marged ni o Gwm Aberdâr. Dyw e fowr o adroddwr, ond ma' dechre i bopeth. A ble gwell i ddechre nag yn y steddfod fach sy 'da chi?'

Estynnodd Jones raglen yn annaturiol o foneddigaidd i Tomos, gan anadlu'n ddwfn.

'Nid *penny reading* wit-wat sy'n Steddfod

Fawreddog ni. Bydd 'na adroddwyr da o'r North a'r Sowth. Fe gaiff Bilco weld 'i seis.'

Tasgodd cerbyd clasurol Jones ymlaen ar ei daith i ardaloedd gwell i yrru, lle nad oes dynion gwyllt yn dawnsio ar ganol y ffordd, na neb yn cael achos i golli tymer.

Cychwynnodd Tomos hefyd yn ddigon digalon yn ei ôl i Nant Gors Ddu. Pa obaith oedd gan Bilco druan yn erbyn cystadleuwyr peryglus o'r Gogledd a'r De, heb sôn am fab Ifans y Sgwlyn, a enillasai gwpan yn eisteddfod enwog Goginan ar ddydd Gwener y Groglith?

*   *   *

'Gest ti raglen?' gwaeddodd Marged, fel y deuai Tomos heibio i dalcen y beudy.

'Rwyt ti Marged yn fwy diamynedd na Jones Insiwrans.'

'Beth o'dd yn bod ar y dyn bach?'

Adroddodd Tomos yr hanes am y cyfarfyddiad anffodus, gan ychwanegu: 'Ro'dd e fel Iddew yn troi'i drwyn ar gig mochyn, ac fe wedodd nad o'dd gobeth gan y crwt 'ma i ennill whisl dun, heb sôn am gwpan arian.'

Yr oedd y rhaglen yn ddiogel yn nwylo Marged. Darllenodd yn uchel: 'Adroddiad i rai o dan ddeuddeg oed – Dewisiad. Gwobr – Cwpan

14

Arian Hardd – rhoddedig gan Mr a Mrs Ifans, Tŷ'r Ysgol.'

Aeth Marged i chwilio am Bilco. Daeth o hyd iddo yn ceisio dal pysgodyn yn y nant fechan y tu cefn i waelod yr ardd. Gwaeddodd arno i fynd ati. Ufuddhaodd yntau. Disgwyliodd iddi ddweud ei neges wrtho. Dangosodd hithau y rhaglen iddo, a'r wobr fawr am ennill.

'Rwy am iti adrodd yn steddfod y capel.'

'Beth yw steddfod, Anti Marged?'

Eglurodd hithau fel yr oedd nifer o blant yn mynd i'r llwyfan i adrodd, ac yna fe fyddai'r beirniad yn dweud pwy oedd yn ennill y cwpan arian hardd.

'Ma' cwpan arian gan dadi fi ar ben y piano yn y parlwr, a ma' mam fi yn gweud fod lot o waith polisho arno fe i ga'l e i sheino.'

'Be 'nath dy dad i ennill cwpan arian?'

'Raso milgi. Capten o'dd 'i enw fe. Fe 'weda i sicret i chi, Anti Marged. Ro'dd dadi yn rhoi powdwr "Go-go-go" o dan gwnffon Capten, a yffach ro'dd e'n mynd wedyn! Gofalwch chi na 'wedwch chi wrth neb, wa'th dim ond dadi a fi o'dd yn gwbod y sicret.'

Addawodd Anti Marged gadw'r gyfrinach iddi hi ei hun, a pheidio dweud yr un gair wrth Wncwl Tomos. A manteisiodd ar ei chyfle i argyhoeddi mab Sara Phebi a Stan o Gwm

Aberdâr fod steddfod yn fwy parchus na raso milgwn.

'Os wyt ti'n fodlon adrodd fe gei di gystard a jeli coch i de bob dydd. Rwy'n addo, dim ond iti adrodd.'

Nid oedd dim yn well ganddo na jeli coch a chystard. Gwthiodd ei fysedd o dan gwt ei got i gyfrif y dyddiau oedd ar ôl cyn diwedd ei wyliau: 'Un . . . dau . . . tri . . . four . . . five . . . whech . . .' Gallai fwyta llawer o jeli coch a chystard cyn iddo fynd adref i Gwm Aberdâr. Nodiodd i selio'r fargen rhyngddo ef ac Anti Marged.

'Wyt ti'n gwbod rhyw bishyn bach neis?' holodd hithau.

'Arch Nowa,' atebodd y crwt o'r Sowth.

Aeth y ddau i'r tŷ. Breuddwydiai Marged mewn ffydd am gwpan arian yn dod i Nant Gors Ddu ar ei ffordd i gadw cwmni i'r cwpan a enillwyd gan 'Y Capten' yn un o'i rasys olaf, a gwelai Bilco res o fasnys yn llawn o jeli coch a chystard. Gosodwyd y darpar-gystadleuydd i sefyll rhwng drws yr eil a'r palis. Siarsiwyd Tomos i beidio smocio rhag i'r mwg baco siàg amharu ar lais yr adroddwr. Gafaelodd Marged yn ngwar yr ast felen i'w hebrwng allan i gysgod haul a llygad goleuni yn y cartws, ac eisteddodd hithau ar y stôl deirtroed yn ymyl y ffenestr i wrando'n astud, a'i breichiau noethion ymhleth.

'Nawr te. Gad i Wncwl Tomos a fi glywed "Arch Noa". Paid poeri i'r tân, Tomos.'

Tynnodd Bilco ei ddwylo'n drafferthus o bocedi ei drowsus rib a sefyll yn syth fel milwr wrth syllu ar yr ystlys mochyn yn hongian o'r trawst o dan y llofft.

'Arch Nowa,' llefarodd Bilco.

Llyncodd ei boer. Gwthiodd ei fynwes allan. Gwelai gwpan disglair, gloyw, yn ymyl cwpan ei dad ar y piano yn y parlwr. Torrodd Marged ar ei draws:

'Sbia ar Wncwl Tomos. Meddyliai mai fe yw "Llew o'r Cwm".'

Pwdodd Bilco yn wep i gyd. Yr oedd ofn llew arno, ac ofn Wncwl Tomos, a rythai arno fel beirniad cas, a gwyn ei lygaid yn ddychryn i bawb. Daeth hiraeth arno am fynd adref, ond fe'i sicrhawyd gan Anti Marged mai 'dyn bach neis' oedd Llew o'r Cwm. Ailgychwynnodd Bilco:

'Arch Nowa, gan Llew o'r Cwm.'

Yn ôl safonau Tomos a Marged, cafodd hwyl dda arni. Nid rhyfedd hynny am ei fod yn gweld mynyddoedd melys o jeli coch a chystard bob cam o'r ffordd.

'Wel, wel, rwyt ti'n adroddwr da! Rwyt ti'n

siŵr o ga'l preis,' gorfoleddodd Marged wrth sychu deigryn o'i llygad â chornel ei ffedog gingam. Ond torrodd Tomos ar ei thraws:

'Pam wyt ti'n gweud "Arch Nowa"?' Cofia mai "Arch Noa", nid "Arch Nowa" yw'r pishyn adrodd.'

Tasgodd Marged i achub Bilco o'r cymhleth-dod:

'Paid busnesa, Tomos. Ma'r crwt bach yn 'i 'weud e'n iawn fel ma' nhw'n siarad yn y Sowth.'

Ni chafwyd rhagor o rihyrsals cyn yr eisteddfod a fyddai'n setlo tynged Bilco.

*   *   *

Yn gynnar ar ddydd yr eisteddfod yr oedd Marged wedi gorffen ei gwaith cyn un ar ddeg o'r gloch er mwyn cael amser i ymgeleddu Tomos a Bilco yn barod erbyn cyfarfod y prynhawn, a oedd yn ôl y rhaglen i gychwyn yn brydlon am un o'r gloch. Am hanner awr wedi deuddeg safai'r tri o flaen ffenestr agored y festri yn disgwyl am docynnau.

Awr yn ddiweddarach llwyddwyd i gychwyn ar ôl i'r gynulleidfa guro dwylo'n araf mewn protest yn erbyn yr oedi hir. Aeth yn bedwar o'r gloch cyn i Bilco a'i gyd-gystadleuwyr gael ei galw i'r llwyfan. Gofidiai Marged am na

fyddai Sara Phebi a Stan yno i weld eu mab mewn cwmni mor ddethol yn disgwyl am ei dro i adrodd gerbron cynulleidfa mor ddiwylliedig. Galwodd yr arweinydd am ddistawrwydd a chyhoeddi fod cystadleuaeth yr adrodd o dan ddeuddeg oed ar fin cychwyn. Gwaeddodd:

'Y cystadleuydd cyntaf yw Bilco.'

Chwarddodd pawb. Cododd Bilco ar ei draed ac fe'i gosodwyd yn drefnus ar flaen y llwyfan gan yr arweinydd. 'Rhowch berffaith whare teg i Bilco, sydd wedi dod yr holl ffordd o 'Merica.' Chwarddodd pawb a wyddai rywbeth am ffilmiau Americanaidd. Trefnasai Ifans y Sgwlyn fod ei fab ef yn cael adrodd yn olaf, ond yr oedd Bilco'n fodlon adrodd gyntaf er mwyn cael diwedd ar y peth a mynd 'nôl i Nant Gors Ddu i gael ei wala a'i weddill o jeli coch a chystard.

'Gawn ni dawelwch?' ymbiliodd yr aweinydd. 'Dyma ni – y cystadleuydd cyntaf. Yn adrodd "Arch Noa", darn o waith Llew o'r Cwm, un o'r beirniaid parchus.'

Bu curo dwylo, a gwenai Llew o'r Cwm fel cwrcath yn llapio hufen. Ar yr un pryd yr oedd mam dew un o'r cystadleuwyr yn barod i brotestio pan flinodd Bilco ddisgwyl, a bwriodd iddi o ddifrif.

'Arch Nowa. Gan Llew o'r Cwm . . .'

Aeth sibrwd drwy'r gynulleidfa a llwyddodd

y brotestwraig i sodro ei phen-ôl drachefn yn ei sedd, yn sicr ei meddwl nad oedd gobaith gan adroddwr 'Arch Nowa' yn erbyn ei mab hi.

*　　*　　*

Awr a chwarter yn ddiweddarach cododd Llew o'r Cwm ar ei draed i draddodi beirniadaeth fer, ar gais y pwyllgor er mwyn arbed pawb rhag traethu'n hirwyntog.

'Wel, gyfeillion. Fe ofynnwyd i mi fod yn fyr [curo dwylo] er y carwn gael mwy o amser [tawelwch llethol]. Buom yn gwrando ar bedwar ar ddeg o gystadleuwyr. Mae yr hyn a glywsom o safon yr Eisteddfod Genedlaethol [curo dwylo brwd]. Er fod yma adroddwyr profiadol, teimlwn fod yna oradrodd a gorliwio gan ambell gystadleuydd. Gellir dadlau hefyd fod ambell un wedi cael eu dysgu i adrodd fel parots, ac oherwydd hynny yr oeddent yn colli mewn naturioldeb. Ar y pwyllgor y mae'r cyfrifoldeb am wrthod caniatâd i mi i ddweud gair am bob un o'r cystadleuwyr, oblegid os oes gan feirniad rywbeth pwysig i'w ddweud, fe ddylai gael ei ddweud yn gyhoeddus [tawelwch mawr]. Yn y gystadleuaeth hon y mae un cystadleuydd yn sefyll allan ac ymhell ar y blaen. Adroddodd ei stori yn syml a di-lol, gan fod fel ef ei hun, heb efelychu neb arall. Gan mai fi yw awdur "Arch Noa" – y darn adrodd rwy'n feddwl [chwerthin tawel sarcastig] mae gennyf fwy o hawl na neb i ddweud beth yw gofynion y darn. Y cystad-leuydd hwnnw yw Bilco, ac iddo ef y rhoddir y cwpan a phob anrhydedd.' [Chwerthin anhapus].

Aeth Ifans y Sgwlyn yn welw iawn ei wedd. Edrychai Jones Insiwrans fel pe bai'n canfod gweledigaethau ar nenfwd y capel, a thyngodd o dan ei anadl mai dyna'r tro olaf y gwelid Llew o'r Cwm ar lwyfan eisteddfod yn y plwyf. Aeth y fenyw dew i chwilio am y Llew, ond dywedwyd wrthi ei fod mewn rhagbrawf yn neuadd yr eglwys ac na ellid ei weld am o leiaf awr a hanner.

Torchodd y fenyw ei breichiau, oedd fel dwy ham, a llefarodd yn awdurdodol:

'Rwy am 'i weld e am bum munud. Dyna i gyd.' Crynai ei gwefusau oedd yn drwch o finlliw. 'Dim ond pum munud,' crefodd wedyn yn daer.

Daeth plismon o'r dref heibio yn ei gerbyd swyddogol wrth fugeilio pentrefi'r wlad. Diflannodd y fenyw achwyngar a'i hepil i blith y cerbydau eisteddfodol, ac ni welwyd mohonynt mwyach.

* * *

22

Rhuthrodd Marged allan i'r Post Offis i anfon teligram i Gwm Aberdâr i gyhoeddi'r newyddion da, ond yr oedd y lle ar gau. Am wyth o'r gloch aeth y pedwar, sef Tomos a Marged, Bilco a'r cwpan, adref i Nant Gors Ddu yn nhacsi Wil Soffi, ac addawodd Wil anfon y teligram cyn gynted ag y byddai'r Post ar agor fore trannoeth.

A'r dydd hwnnw bu llawenydd mawr yng nghymdogaeth Nant Gors Ddu – ond cyn dau o'r gloch yr oedd Stan wedi cyrraedd ar ei foto-beic a seidcar i gael adroddiad llawn am fuddugoliaeth ei fab. Ac yn ddiweddarach yn y dydd, yn ôl adref yr aeth Bilco â'r cwpan gydag ef. Yr oedd wedi llwyr anghofio am y jeli coch a'r cystard. Bu gwacter mawr ar ei ôl yn Nant Gors Ddu, ond cafodd yr ast felen lonydd i orwedd yn ei hyd ar y ffetan o flaen y tân, a dychwelodd y gath i gornel y sgiw i freuddwydio a chanu grwndi.

Nid dyna ddiwedd y stori, chwaith. Anfonodd Corsfab neges i ofyn am yr hanes yn fanwl ar gyfer ei golofn yn y papur wythnosol. Ymhen pythefnos cafwyd y manylion yn llawn, yn Saesneg wrth gwrs, o dan y *Local News*:

Eisteddfodic – Congratulations to Master William Thomas ('Bilco') Jones on winning the open recitation prize for those under twelve years of age. Out of fourteen competitors he was awarded the silver cup kindly presented by Mr and Mrs Evans, School House.

Master Jones, a native of Aberdare, was staying during the Eisteddfod week with his uncle and aunt, Mr and Mrs Thomas Williams, Nant Gors Ddu. I am given to understand that the young man, who had not competed before, was encouraged to do so by Mr and Mrs Williams. In her younger days Mrs Margaret Williams, before her marriage, took an active part in the Young People's Guild of the local Presbyterian Church. It was Mrs Williams who trained her young nephew to master the recitation piece 'Arch Noa' (Noah's Ark) which, by coincidence, was composed by the adjudicator himself, none other than the venerable 'Llew o'r Cwm' (The Lion of the Vale), who complimented Master Jones on his memorable presentation.

Pan ymddangosodd aralleiriad o'r 'Eisteddfodic' ym mhapur wythnosol Aberdâr, gan ychwanegu saga Stan a'r milgi Capten, aeth ysgolfeistr Bilco i amau pwrpas ei fodolaeth ei hun. Pam na fuasai ef wedi dod o hyd i ronyn o athrylith ym mherson unig blentyn Mr a Mrs Stan Jones? Dyna un rheswm pam y bu iddo ymddeol yn gynnar.

Tomos a'r Diafol a'r 'Bregethwres'

Am hanner awr wedi un ar ddeg ar fore oerllyd a gaeafol, ymlusgai Tomos o'r beudy i'r tŷ yn ei ddau ddwbwl. Yr oedd yn druenus ei wedd a'i osgo.

'Rhaid i ti ddangos dy hunan lawer iawn yn fwy ffaeledig,' meddai'r Diafol.

Gwnaeth Tomos ymdrech arall i ymddangos yn fwy analluog.

'Ma' hi yn ffenest y lofft yn edrych arnat ti o hyd. Dyw hi ddim yn credu eto. Pam nad ei di gyda hi i'r capel y prynhawn 'ma?'

'Dwy i ddim am fynd i wrando ar y fenyw 'na o'r Sowth,' meddai Tomos wrth y Diafol.

Cyrhaeddodd Tomos y tŷ. Pwysodd yn drwm ar y palis wrth ymwthio ei ffordd yn drwsgwl at y sgiw, a gorwedd ar honno. Edrychodd Marged yn amheus ar ei berfformiad amaturaidd.

'Be sy'n bod arnat ti?' gofynnodd, gyda phwyslais ar y 'ti'.

'Poene ofnadw yn y cefen. Ma' fe'n annioddefol.'

'Roet ti'n iawn yn mynd ma's y bore 'ma.'

'Fe dda'th mla'n ar unwaith, ma' fe'n brathu fel cyllell.'

'Tyn dy got a dy wasgod, a chwyd dy grys lan

dros dy gefen,' meddai Marged gan ymestyn at y botel oedd yn hanner llawn o'r olew a gafodd gan Davies y Fet i wella coes y gaseg. A phan ddisgynnodd dogn helaeth o 'olew gwyrthiol' Davies & Jones ar groen cefn noethlymun Tomos, dechreuodd neidio a dawnsio ar lawr y gegin, gan lefaru brawddegau cryfion nad ydynt yn weddus i'w cynnwys yn y llyfr hwn.

'Y babi mowr ag wyt ti!' meddai Marged.

'Ma' Marged yn iawn,' llefarodd y Diafol. 'Ddylet ti ddim bihafio fel 'na, a thwyllo dy wraig sy wedi bod mor dda wrthot ti.'

Chwyrnodd Tomos i ateb y Diafol o dan ei ddannedd:

'Arnat ti ma'r bai i gyd. Ma'r enw iawn arnat ti. Cythrel wyt ti.'

Cythruddwyd Marged, er na fyddai hi'n mynd i dymer yn aml.

'Fe glywes i ti yn galw "cythrel" arna i. A finne wedi dy dendio di hand-an-ffwt ar hyd yr holl flynydde heb ga'l un gair o ddiolch.'

Roedd Tomos erbyn hyn yn berffaith sicr ei feddwl fod y Diafol yn cael tipyn o hwyl wrth wrando ar y ddadl ar aelwyd Nant Gors Ddu.

'Cer o 'ma'r cythrel, a gofala na ddoi di 'nôl.'

Ni fedrai Marged gredu ei chlustiau. Nid yn unig yr oedd Tomos wedi galw 'cythrel' arni, ond yn awr roedd yn ei danfon o'r tŷ a fu gynt yn eiddo ei fam, a'i fam-gu cyn hynny. A dweud wrthi wedyn am ofalu peidio dod 'nôl. I ble yr âi hi? Roedd ei pherthnasau pell yn byw yn y Sowth, a doedd dim bysys yn gyfleus ar y Sul. Ac yn yr argyfwng penderfynodd herio Tomos yn ei wyneb. A dyna wnaeth hi. Roedd honno'n weithred anarferol ac anghyffredin. Corddai ei gwaed wrth iddi ei gyfarch.

'Edrych 'ma, Tomos Williams. Pwy wyt ti i alw cythrel arna i? A gweud wedyn am i fi fynd o 'ma. Ro'dd Nant Gors Ddu mewn tipyn o bicil cyn i fi dy briodi di a dod i ymgeleddu'r tŷ 'ma, a golchi dy ddillad brwnt. Fe fydda i'n mynd i'r Sowth bore fory, a fydda i ddim yn dod 'nôl.'

Am y tro cyntaf ers blynyddoedd yr oedd y chwarae, os chwarae hefyd, yn troi'n chwerw. A dweud y gwir, nid oedd cefn Tomos yn boenus o gwbl, oblegid esgus oedd y cyfan er mwyn arbed mynd i'r oedfa ddau o'r gloch yn y Capel Bach. Gwyddai ei fod yn rhyfygu ac yn pechu, ond ni fedrai oddef Miriam Clydach Jones, y fenyw fawr ugain stôn oedd yn pregethu y prynhawn hwnnw; roedd yn casáu gwrando arni'n cyhoeddi barn tân a brwmstan uwchben y sawl oedd yn smocio baco siwperffein (mor bersonol oedd hynny o gofio mai dyna oedd baco Tomos). 'Be sy'n ffein,' meddai hi, 'mewn gweld dyn â phib fel dymi yn ei geg, yn smocio siwperffein?' Nid rhyfedd i'r gynulleidfa wenu ac edrych ar Tomos o bob cyfeiriad.

A beth oedd o'i le mewn cario dŵr te, a charthu'r beudy ar ddydd Sul?

Y prynhawn blaenorol bu ef a Dafi Gors Fach yn cynllwynio i aros adref o'r oedfa. Cytunai Dafi hefyd nad oedd yntau'n hoffi clywed y fenyw yn bytheirio o hyd yn erbyn basârs a rafflis a chnoi baco main (un o wendidau Dafi).

'Pam na phregethith hi'r Efengyl?' oedd cwyn Dafi.

Nid oedd gan Tomos ddigon o wyneb i ddweud wrth Marged beth oedd ei farn ef am Miriam Clydach, a dyna'r eglurhad am y cefn tost.

Eisteddodd y ddau bob ochr i'r bwrdd i fwyta eu cinio diflas. Yr oedd eu cweryl wedi sbwylio pob awydd am fwyd, ac ni fedrodd Tomos oddef y tawelwch hir. Gallai hyd yn oed yr ast felen ddeall nad oedd popeth yn dda rhwng ei meistr a'i meistres, ac yn hytrach na begera o dan y bwrdd yn ôl ei harfer aeth i orwedd yng nghornel bellaf yr aelwyd gan gadw un llygad ar agor.

Aeth Tomos i deimlo'n euog. Yr oedd yn rhaid iddo egluro.

'Marged!'

Tawelwch, dim ateb.

Gwaeddodd yntau'n uwch: 'Marged . . . wnei di wrando?'

'Gwrando ar beth?'

'Wnes i ddim galw cythrel arnat ti.'

'A finne wedi dy glywed. Fedri di ddim gwadu hynny.'

'Rwy'n gweud y gwir, Marged. Y Diafol o'dd wedi 'nhwyllo i a gweud i fi acto fod gen i gefen tost.'

'A rwyt ti'n disgw'l i fi gredu hynny?'

'G'na fel y mynnot ti. Ond dyna'r gwir.'

Poerodd Tomos ar ei fynegfys, a chroes-ymgroesodd ar draws ei weddf fel y gwnâi ar iard yr ysgol slawer dydd pan fyddai rhywun yn amau ei eirwiredd: 'Cris-cross down dead . . .'

Gwenodd Marged, a dychwelodd yr ast felen i eistedd yn ddisgwylgar o dan y bwrdd.

* * *

Ymhell cyn un o'r gloch yr oedd Marged wedi gwisgo ei dillad parch yn barod i fynd i'r oedfa brynhawn. Nid oedd ganddi ormod o amser yn sbâr os oedd hi am alw heibio i Sara Gors Ganol. Gorweddai Tomos yn ei hyd ar y sgiw yn gwrando arni yn parablu'n huawdl cyn cychwyn.

'Gofala di fod digon o lo ar y tân, a gofala fod y tegel wedi berwi erbyn y down ni adre tua hanner awr wedi tri. Falle y bydd Miss Clydach Jones yn dod i de.'

Gwylltiodd Tomos: 'Gofala di na ddoi di â'r fenyw 'na adre i de . . . neu . . . neu.'

Edifarhaodd ar unwaith. Nid oedd am gael cweryl arall. 'Dere di â phwy bynnag wyt ti am i de. Ma digon o fwyd 'ma, a digon o stolion ar 'u cyfer nhw i iste lawr.'

Gwenodd Marged cyn cau'r drws a swagro i lawr dros lwybr y Cae Dan Tŷ. Aeth yntau'n ôl i orwedd ar y sgiw, a chyn hir yr oedd yn cysgu'n drwm.

*   *   *

Ymhen hydoedd dihunodd Tomos ac edrychodd ar y cloc a brynasai Marged yn Woolworth am bedwar swllt. Yr oedd yn bum munud i dri. Aethai'r tân yn weddol isel, ond os oedd Marged yn mynd i ddod â'r Miriam yna adre i de, fe ofalai fod llond y grât o danllwyth anferth a fyddai yn ei rhostio'n fyw. Cododd ac edrych allan drwy'r ffenestr, a bu bron iddo dasgu allan o'i sgidiau wrth weld cadno'n cerdded yn hamddenol rhwng yr ydlan a sièd y lloi.

Pe bai yn ddiwrnod arall ni fyddai amheuaeth ym meddwl Tomos beth fyddai'r cam nesaf, sef gosod catrisen yn y dryll a mynd allan yn ofalus a distaw heibio i dalcen y tŷ i saethu'r creadur. Ond ni fedrai wneud hynny'n dda iawn a hithau'n ddydd Sul. Nid arno ef oedd y bai am nad aeth i'r oedfa, ond ar y fenyw dew a bregethai bopeth heblaw yr Efengyl. Erbyn hyn eisteddai'r cadno yn gartrefol a swci ar ei ben-ôl yn ymyl y sièd wair, a gallai Tomos dyngu fod y Diafol wedi dod i'r gegin i'w bryfocio a'i demtio. Yn wir, gallai glywed ei lais yn glir:

'A dyma lle'r wyt ti, Tomos Williams? Ma'r dryll 'co yn segur dan y llofft. Pam nad ei di ma's i saethu'r cadno?'

Taniodd Tomos ei bibell 'rialbreiar', chwedl Corsfab, ond nid oedd baco ynddi. Taflodd y fatsien ofer i'r grât. Chwiliodd yn ddyfal o gwmpas y gegin am y bocs, ac o'r diwedd daeth o hyd iddo yn ddiogel yn ei law.

'Rwyt ti, Tomos, yn cabarddylu,' pryfociodd y Diafol.

Llwythodd Tomos ei bibell yn fwy na llawn gan anwybyddu'r Un Drwg.

'Cymer y dryll, a saetha fe.'

'Wna i ddim o hynny. Ma' hi'n dydd Sul.'

'Dyw'r cadno ddim yn 'styried hynny. Ma' fe, fel tithe, yn joio ffowlyn dydd Sul.'

'Fflamia di,' meddai Tomos wrth ddringo i ben stôl i estyn y dryll o dan y llofft. A gafaelodd mewn dwy gatrisen a'u stwffio i'w boced cyn mynd allan yn ddistaw heibio i dalcen y tŷ, ac i gefn y sièd wair, o fewn pellter ergyd i enciliad ei elyn pedeirtroed.

Ond o blaid y cadno y Sul hwnnw yr oedd canrifoedd o driciau cyfrwys ei hil, a dihangodd yntau trwy dwll yn y berth, o olwg y gelyn-ddyn.

Tua'r un adeg yr oedd Dafi Gors Fach, nad oedd yn un o edmygwyr Miriam Clydach Jones, yn digwydd bod allan yn ymyl y das fawn, yn chwilio am awyr iach, ac ni fedrai gredu ei lygaid pan welai Tomos yn brysio o gyfeiriad sièd wair Nant Gors Ddu â'r dryll yn ei ddwylo.

Yr oedd Dafi yn adnabod Tomos yn ddigon da i wybod na fyddai ef yn amharchu Dydd yr Arglwydd. Medrai faddau iddo os oedd ci lladd defaid yn ei boeni, ond yr oedd y defaid yn pori'n hamddenol ar y Banc.

Daeth meddyliau drwg i gamarwain deongliadau Dafi. Cofiodd am y sgwrs a gawsant lai na phedair awr ar hugain yn ôl wrth drafod y wraig oedd, y foment honno, yn rhoi powdwr ar ei hwyneb yn lafatri'r Capel Bach.

'Fe faswn i'n saethu'n hunan cyn mynd i wrando ar y fenyw 'na yn baldorddi yn erbyn baco, a Bili Bach Dwl yn sêt y gwt yn pwyntio bys, a 'wherthin arna i.'

Pan glywodd Dafi sŵn ergyd o ddryll hoeliwyd ei draed yn sownd wrth y ddaear fel na fedrai symud o'r fan am rai munudau. Beth os oedd

Tomos wedi mynd i dragwyddoldeb cyn pryd? Ac yr oedd peth o'r cyfrifoldeb yn disgyn ar ei ysgwyddau ef am iddo gynllwynio gyda Tomos i aros adre o'r capel y prynhawn hwnnw. Beth fyddai ganddo i'w ddweud yn yr incwest ac, yn waeth na hynny, sut oedd wynebu'r dyfarniad yn ei erbyn ar Ddydd y Farn Fawr?

*　　*　　*

Dim ond naw o fenywod a Bili Bach oedd yn oedfa'r prynhawn. Cafodd Bili fodd i fyw pan ehedodd robin goch o rywle i astell y pulpud rhwng y codi testun a brawddeg gyntaf y bregeth a ofynnai'n ddifrifol – 'Pa le mae y naw? Deg wedi cael iachâd a dim ond un yn dychwelyd i ddiolch. I ble'r aeth y lleill?'

Cododd Bili Bach ei law.

'Ie, Bili?' meddai Miss Jones.

'Wedi mynd i bingo, Miss.'

Daeth gwên o'r pulpud. A naw o'r llawr. Cafodd Bili ganmoliaeth, a gorchymyn i beidio â dweud dim arall yn ystod yr oedfa. A threuliodd yntau y gweddill o'r awr yn gwylio symudiadau'r robin goch, yr aderyn aflonydd a orfododd Miss Jones i dynnu'r oedfa i'w therfyn am chwarter i dri. Cyn mynd allan estynnodd ddarn ugain ceiniog iddo, a charlamodd yntau adref at ei fam gan weiddi bloeddiadau o chwerthin 'Bingo! Bingo! Bingo!' nes deffro cysgaduriaid y stryd. Yna, ar ôl dangos yr ugain ceiniog, allan o'r tŷ ag e wedyn ar ras i dŷ Wil Soffi, a gwneud arwyddion a'i ddwylo â'i wefusau fod Marged Williams eisiau tacsi i fynd adref. Yr oedd Wil yn deall.

Pan welodd Tomos y tacsi yn troi 'nôl yng nghwm yr afon, a thair menyw yn dod allan ohono, sylweddolodd fod Marged yn dod â Sara Gors Ganol â'r 'bregethwres' adref i de, a phenderfynodd fynd i guddio i ben y sièd wair hyd nes iddynt fynd 'nôl i oedfa'r hwyr.

Nid oedd yn ei hwyliau gorau am ei fod wedi methu'n druenus pan geisiodd saethu'r cadno, a dechreuodd ei gydwybod ei ddwysbigo am iddo dorri'r Saboth. Ni fedrai oddef y fenyw oedd yn lambastio baco a chwrw, er nad oedd ef ei hun yn mynychu tafarnau, ac i ben y sièd wair yr aeth i guddio. Cyfiawnâi ei weithred wrth gofio fod Adda ac Efa wedi cwato ymysg coed yr ardd, ond ni fyddai gardd Nant Gors Ddu yn guddfan ddelfrydol rhag llygaid y 'bregethwres' dafotrydd.

Cododd Marged ei breichiau mewn anobaith pan welodd fod y tân ar fin diffodd, a dim sôn am Tomos yn unman. Aeth allan i ben y drws i weiddi arno, ond nid oedd na llef na neb yn ateb, dim ond distawrwydd lleddf dros y Gors a'i thyddynnod gwyngalchog.

Cyn iddi eistedd, eglurodd Miss Jones ei bod yn mynd allan am dro, ond arhosodd Sara yn y tŷ i helpu Marged i baratoi te ar gyfer y pedwar ohonynt. Yr oedd yn brynhawn delfrydol, heb fod yn oer nac yn annaturiol o gynnes, yn nyfnder gaeaf. I fyny fry o dan y to sinc ac ar gopa'r wisgon wair gorweddai Tomos ar ei led-orwedd yn cadw llygad ar yr amgylchedd cyfarwydd o gwmpas y tŷ a'r tai allan, gan ei longyfarch ei hun am iddo gael y fath weledigaeth. Yna, a'i roi yn llariaidd, cafodd sioc ei fywyd, oblegid gallai weld y 'bregethwres' yn cerdded drwy'r ydlan ac yn pwyso ar yr helem lafur allan o olwg ffenestri'r gegin a'r parlwr.

Fe'i gwelodd yn twrio yn ei bag-llaw, a chyn pen eiliadau yr oedd sigarét yn ei cheg a'r mwg wedyn yn codi'n gymylau i fyrhau'r gaeaf.

Yr oedd Tomos wrth ei fodd. Er na wyddai'r ddihareb Saesneg na'r cyfieithiad ohoni, os oes un, daeth i'r penderfyniad fod yr hyn sydd yn weddus i'r ŵydd yn weddus hefyd i'r clacwydd a dyrchafodd mwg y fuddugoliaeth o'r ddisgwylfa i do'r sièd wair. I lawr yn yr ydlan, a'i phwys ar yr helem, ni freuddwydiodd Miss Miriam Clydach Jones fod llygaid heblaw llygaid yr

Hollalluog yn gwylio pob symudiad o'i heiddo yn ofalus, cyn iddi gilio o'r golwg drwy ddrws beudy'r lloi oedd yn wag ar y pryd.

Oedodd Tomos cyn disgyn i lawr yr ysgol o gopa'r wisgon. Yna croesodd yr iard at y tŷ ac agor y drws. Daeth sŵn cleber a chwerthin, a chloncian llestri te a llwyau i'w glustiau, a'r cyfan yn distewi'n sydyn wrth iddo gau'r drws yn glep-fwriadol. Wedi iddo gyrraedd cornel y palis syllodd chwech o lygaid arno. Symudodd Miss Jones i'r gornel bellaf gan roi ei chadair i Tomos, ond estynnodd ei llaw iddo cyn symud. Gafaelodd Tomos yn ei llaw hithau. Dim ond gras a'i ataliodd rhag dweud, 'Shwd wyt ti, yr hen bechadures?'

'Ble rwyt ti wedi bod?' gofynnodd Marged.

'Fues i ddim ymhell. Ma' digon o waith cadw llygad ar y cadno 'na.'

Eglurodd Marged fel yr oedd y cadno yn eu poeni, nid yn unig yn y nos ond yn ystod y dydd hefyd. Ychwanegodd Tomos fod cadno dwygoes hefyd o gwmpas y lle, wrth iddo dystio fod 'ogle mwg sigaréts yn gryf' pan oedd yn mynd heibio beudy'r lloi.

Ond ni sylwodd Marged na Sara fod gwrid ar wyneb Miss Jones.

*   *   *

Aeth Tomos yn ffyddiog gyda hwynt i oedfa'r hwyr. Roedd Miss Jones yn dawelach nag arfer wrth fynd drwy'r gwasanaeth. Yn rhyfedd iawn, ni soniodd yr un gair y tro hwn am aflendid ysmygu, ond yn rhyfeddach fyth gwrthododd gymryd Sul arall yn y Capel Bach – er ei bod hi ac Edwards, Ysgrifennydd y Cyhoeddiadau, yn ffrindiau. 'Yn fwy na ffrindie,' meddai hi, yn hir ei thafod, sy'n eistedd 'nôl yn ymyl y drws. Nid oes angen ei henwi wrth y sawl sy'n darllen y geiriau hyn.

I'r Nefoedd ac yn Ôl

Yr oedd y wawr yn dechrau ymddangos yn swil ar gopaon y mynyddoedd pan ddihunodd Marged yn sydyn a rhwbio'i llygaid. Credai fod rhywun yn taflu graean at ffenestr ei hystafell wely ac estynnodd ei llaw i ddeffro Tomos, ond cofiodd ei fod ef yn yr ysbyty. Yna tybiodd ei bod wedi breuddwydio, a chaeodd ei llygaid i fynd yn ei hôl i gysgu. Clywodd yr un math o sŵn drachefn, ac yn ei gwylltineb cododd i'r ffenestr ac edrych allan. Yng ngolau gwan y cyfddydd gallai weld Wil Soffi islaw yn amneidio am iddi fynd i lawr, ond agorodd hithau'r ffenestr i gael gwybod beth oedd yn bod – a oedd Tomos wedi marw? Curai ei chalon fel buddai gnocio. Ond yr oedd Wil yn siarad â hi:

'Dowch lawr, Marged Williams. Dyw Tomos Williams ddim yn dda. Mi a' i â chi i'r hospital. Peidiwch gwylltio. Cymrwch ddigon o amser.'

Pwy fedrai beidio â gwylltio o dan y fath amgylchiadau? Ni fedrai ddod o hyd i'w dillad yn ei gwylltineb, a daeth rhyw ofn rhyfedd i'w meddiannu. Rhyw ofn creulon – ofni colli Tomos am byth. Yr ofn honno na fedr neb ei amgyffred ond y sawl sydd wedi cael profiad ohono. Beth os oedd Tomos wedi marw eisoes, a bod Wil yn dal allan cyn torri'r newydd a dweud y caswir? Tasgodd y dagrau i'w llygaid wrth feddwl am ddigwyddiad mor ofnadwy â marwolaeth yn dod i Nant Gors Ddu. Nid am ei bod heb gael amser i lanhau'r gegin ers dyddiau, ond am fod arni ofn y peth na ddigwyddodd ar ei haelwyd ers blynyddoedd lawer, trwy drugaredd.

Penderfynodd wisgo ei sgert ddu a'i blowsen ddu a gwyn, y flowsen a alwai Tomos yn 'flows pioden'. Ond credai Marged mai dyna'r wisg fwyaf gweddus i fynd yn ddewr i gyfarfod ag Angau. Os oedd Tomos wedi marw (gyda phwyslais ar y 'wedi') dyna drefn Rhagluniaeth, a byddai'n rhaid iddi hithau wynebu bywyd yn ddewr, gan ddiolch yr un pryd am y blynyddoedd hapus a dreuliasant gyda'i gilydd. Pe bai'n cael ei doe yn ôl, ni fynnai hi briodi neb arall ond Tomos, a dewis byw yn Nant Gors Ddu yn hytrach nag ar yr un fferm ar y gwastadedd bras. Nid oedd yr un pobydd eto wedi crasu bara o'r un blas ac ansawdd â'r torthau a ddeuai allan o ffwrn wal y tyddyn mynyddig. Ac onid oedd wyau'r ieir a ddodwyai allan yn achlysurol yn fwy blasus na'r wyau graddedig o'r siopau mawrion?

Aeth Marged i lawr y grisiau i agor y drws i Wil fel pe bai'n agor y drws i'r newydd tristaf a gawsai erioed. Edrychodd yn daer i wyneb Wil.

Yr oedd am dynnu'r gwirionedd allan cyn iddo lefaru i gyhoeddi'n derfynol fod yr hwn a garai mor fawr wedi croesi i'r byd arall.

'Hen newydd digon diflas, Marged Williams.'

Edrychodd Marged yn ymbilgar i'w lygaid, gan grafangu yn ystlys y drws am gynhaliaeth. Cydnabyddai fod Wil mor foneddigaidd ac ystyriol. Cystal iddi roi ychydig gefnogaeth iddo i ddweud wrthi, gan fod ganddo orchwyl na fyddai hi ei hun yn dymuno ei gyflawni. Gofynnodd yn ddistaw:

'William Jones, gwedwch yn onest. Odi Tomos ni wedi marw?'

Ysgydwodd William Jones ei ben yn ddiplomatig.

'Nag yw. Ond rwy ofan 'i fod e'n go wael. Cymrwch chi frecwast, Marged Williams. Fe fydda i 'nôl mewn hanner awr.'

Yr oedd y benfelen yn disgwyl amdano yn ymyl y garafán ar lan yr afon.

Arafodd a stopiodd Wil ei gerbyd rhag ofn ei bod am lifft i'r pentre.

'Has the old man gone?' gofynnodd.

'Gone where?' holodd Wil, braidd yn fyr ei dymer.

'Has he kicked the bucket?'

'Look, love. They don't kick the bucket in these parts. They just pass away gracefully.'

'Blimey, you're very wide awake at this time of the day.'

Ond yr oedd Wil wedi mynd, gan ei gadael i fwytho'r gath. Roedd golwg siomedig ar ei hwyneb oedd eto heb ei goluro.

Nid oedd gan Marged archwaeth at frecwast, ac eisteddodd yng nghadair Tomos a gweddïo'n daer a distaw am iddo gael gwella a dod adref. Byddai'n fodlon ei dderbyn hyd yn oed pe byddai'n rhaid iddi ei dendio yn ei wely am fisoedd. Ei dymuniad mawr oedd am iddi ei gael yn ei hymyl unwaith eto, pe dim ond iddi gael clywed ei lais a'i weld yn smocio cymylau gleision o fwg. Pa wahaniaeth os oedd y baco'n ddrud?

Edrychodd ar ei sgert ddu a'i blowsen ddu a gwyn. Na, yr oedd yn well iddi wisgo ei ffrog flodeuog rhag ofn i Tomos feddwl ei bod yn paratoi i alaru ar ei ôl cyn iddo farw. Ond yr oedd Wil yn ei ôl, a'i dacsi yn ymyl y drws ffrynt. Taflodd Wil ei lygad dros y gegin i weld fod popeth yn iawn cyn gafael ym mraich Marged i'w harwain i'r cerbyd a throi yn ei ôl i gloi'r drws.

Mor ofalus, efe.

Taith ddiflas a gafwyd i'r ysbyty, fel y disgwylid. Meddyliai Marged mor braf oedd cael codi yn y bore a mynd allan i gyflawni diwrnod o waith, heb na chystudd yn bod, na chwmwl dros yr aelwyd. Cofiai Marged am ddyddiau felly. Trwy gil ei lygad cafodd Wil gipdrem ar ei hwyneb, a theimlodd mai gwell fyddai gadael llonydd iddi gyda'i meddyliau a'i hatgofion nes cyrraedd drws llydan yr ysbyty.

'Dyma ni, Marged Williams.'

Yr oedd digon o le i barcio, a hithau'n gynnar yn y bore, a manteisiodd Wil ar y cyfle i adael ei dacsi mor agos ag y medrai cyn arwain Marged at y lifft.

'Bydd Tomos Williams yn well ar ôl iddo'ch gweld.'

Yr oedd y nyrs yno i'w derbyn. Mor annwyl oedd hi, ac mor ystyriol, er iddi fod ar ei thraed drwy'r nos. Dangosai ei llygaid yn amlwg ei bod hithau'n hiraethu am gwsg esmwyth i fwrw ymaith ei holl ludded.

'Ffordd yma, Mrs Williams, plîs. Mae eich gŵr ychydig bach yn well.'

'Diolch byth,' meddai Marged o dan ei hanadl.

'Wyt ti'n well, Tomos bach?'

'Pwy wyt ti?'

'Marged. Dy wraig fach di. Wyt ti'n cofio ni'n byw yn Nant Gors Ddu?'

Edrychodd Tomos yn wyllt arni. A dechreuodd regi.

'Ma' nhw wedi saethu'r ast felen.'

Mwy o regi wedyn wrth felltithio'r sawl a saethodd yr ast.

'Paid rhegi, Tomos bach – ma'r ast yn fyw.' Yna, trodd at y nyrs, 'Sori, nyrs fach. Do'dd Tomos ddim yn arfer rhegi fel hyn.'

Edrychodd Tomos heibio i'r nyrs. Syllodd ar Marged.

'Pwy yw'r fenyw 'na? Helwch hi o 'ma.'

Bu rhai eiliadau o lonyddwch, cyn i Tomos gofio drachefn am yr ast felen.

'Nawr, nawr, Mr Williams,' meddai'r nyrs. 'Rhaid i chi orwedd yn llonydd er mwyn i chi ga'l gwella. Treiwch gysgu, cariad.'

Llonyddodd Tomos a chau ei lygaid i gysgu'n dawel. Tynnodd Marged y gadair i ymyl y gwely, a'i wylio yno megis mam yn bugeilio'i baban. Aeth Wil i chwilio am gwpanaid o goffi a brechdan, yn ôl arfer dreifers pell.

* * *

Yn ddiweddarach y bore hwnnw yr oedd Hanna Marina, cyfnither Hanna Jên, yn rhegi fel paun, pan gafodd y newydd fod Marged wedi cael ei galw i'r ysbyty'n blygeiniol. Rhedodd i'r sièd i gyrchu ei beic er mwyn mynd o gwmpas i gyhoeddi'r newydd syfrdanol wrth hwn-a-hon. Ond wedi llusgo'r beic allan gerfydd ei gyrn, canfu fod dwy o'r olwynion yn fflat, a dechreuodd alw ar y duwiau.

Yr un adeg yr oedd y Ficer yn edrych am ei wenyn yng nghornel ei ardd yn uwch i fyny na'r siop, ac y mae'n dal i dystio mai iaith anweddus Hanna Marina a wnaeth i'r gwenyn ddianc am byth, i beidio dychwelyd mwyach i'w cychod yng ngardd y Ficerdy.

*　　*　　*

Bu Tomos yn bur wael am bythefnos cyn iddo gael tro arni a dangos arwyddion ei fod ar wellhad. Ac fel hyn y bu. Ar ôl i Marged fynd adref un noson, yn llawen ei hysbryd ac yn sionc ei throed, syrthiodd Tomos i gysgu. Ar ôl iddo gau ei lygaid sylwodd fod ganddo bâr o adenydd gwynion a'i fod yn hedfan yn hamddenol tua'r cymylau. Nid oedd yr adain ar ei ochr chwith, lle cafodd yr opereshon, yn gweithio mor hwylus â'r llall, ond gyda thipyn o lwc fe ddylai gyrraedd y trigfannau hyfryd cyn nos.

Edrychodd i lawr ar y ddaear, a gallai weld Nant Gors Ddu yn disgleirio yn haul y prynhawn. Yr oedd rhywbeth yn ddieithr yn y Banc y tu ôl i'r tŷ, ond cofiodd i'r contractwyr dynnu'r eithin ac ail-hadu'r naw erw, cyn iddo fynd yn sâl.

Tybed ai Leisa'n bwydo'r ffowls oedd y smotyn du, symudol, yn ymyl Gors Fawr, a chyn iddo gael cyfle i edrych yn fanwl a oedd Dafi Gors Fach a Sara Gors Ganol o gwmpas, daeth y cymylau rhyngddo ef a'r ddaear, ac ni welai arwyddion ffyrdd yn unman.

Hedfanodd Tomos yn ei flaen nes dod at adeiladau crand, yn debyg iawn i swyddfeydd y Cyngor Sir, a disgynnodd yn araf ac esmwyth o flaen y drws cul ac 'Enquiries' arno. Dyna un siom iddo, oblegid yr oedd wedi cael ei ddysgu ar y ddaear mai Cymraeg oedd iaith y Nefoedd. Ysgydwodd Tomos lwch y gofod o'i adenydd cyn mynd i mewn i'r lle rhyfedd, gan feddwl am ei bechodau. Nid oedd wedi meddwl amdanynt pan oedd ar y ddaear, ond heddiw yr oeddent yn dawnsio'n ffyrnig o'i gwmpas. Er hynny ni fedrai feddwl am unrhyw bechod cas a gyflawnodd, dim byd mwy gwarthus nag anghofio codi leisens i gadw'r ast felen 'slawer dydd pan gafodd saith swllt a chwe cheiniog o ddirwy. Eto, yr oedd y pechodau bychain yn ei boeni a'i bigo'n ddiddiwedd. Pan oedd yn byw yn Nant Gors Ddu, gallai smocio baco shàg i ymlid y gwybed – ond nid oedd modd ymlid y pechodau bychain na'u difa.

A dyna bechodau eraill fel pwdu yn awr ac yn y man, a rhyw elfen fechan o genfigen pan fyddai Dafi Gors Fach wedi llwyddo i gael benthyg gwell hwrdd, neu bod yn ffodus i gael gwell pris nag ef am ei ŵyn yn y mart.

Cofiodd wedyn am Sara Gors Ganol yn llwyddo i gael ei gwair i ddiddosrwydd cyn y glaw mawr a ddifethodd wair Nant Gors Ddu nes i genfigen ei ddarostwng i fod yn gymydog od. Pam na fyddai wedi meddwl am y ffaeleddau hyn cyn heddiw? Ond mentrodd Tomos agor y drws, a mynd i mewn i'r ystafell fechan.

Cododd yr angel oedd wrth y ddesg ei ben yn araf, ac edrychodd yn hir ac yn graff dros ei sbectol.

'Be fedra i 'neud i dy helpu di?'

Ni wyddai Tomos beth i'w ddweud. Ni fu yn un o'r rhai gorau am fynychu swyddfeydd, ar wahân i swyddfa'r Co-op pan elai yno i dalu am fwyd i'r defaid a'r ieir. Disgwyliai'r angel am ateb, cyn llefaru drachefn.

'Wyt ti wedi gneud appointment?'

Yr oedd Tomos wedi meddwl mai un o eiriau'r ddaear oedd 'appointment'. Do, fe wnaeth appointment â'r cyfreithiwr er mwyn gwneud ei ewyllys, ond cyn i hynny ddigwydd bu'n rhaid iddo fynd i'r ysbyty.

'Beth yw dy enw di?' gofynnodd yr angel yn chwyrn.

'Tomos Williams, Nant Gors Ddu, ac o fan'ny y bydde Marged a fi yn mynd i'r Capel Bach bob Sul os na fydde'r tywydd yn rhy sgaprwth.'

Torrodd yr angel ar ei draws.

'Paid canmol dy hunan. Ma' popeth lawr yn y Llyfr Mawr amdanat ti, ac fe gei di gyfle i amddiffyn dy hunan. Faint o gelwydd ga'dd 'i ddweud yn dy angladd di gan dy weinidog?'

'Ches i ddim angladd.'

'Chest ti ddim angladd? Bachan rhyfedd wyt ti. Ti yw'r cynta i ddod 'ma heb angladd!'

Gafaelodd yr angel yn y teliffon oedd ar y ddesg. Yr oedd yn amlwg ei fod yn colli ei dymer.

'Hylô, Pedr. Meical sy'n siarad. Ma' gen i foi fan'ma sy wedi dod lan heb angladd. Wyt ti am air ag e? Popeth yn iawn.'

Gosododd Meical y teliffon yn ei 'wely' ar y ddesg, ac amneidio ar Tomos i'w ganlyn. Cododd Tomos yn flinedig ei ysbryd i ganlyn yr angel i'r ystafell eang oedd yn fwy na chegin yr Hafod. Yno wrth ei ddesg yr oedd gŵr barfog yn brysur iawn wrth ei waith.

'Dyma Pedr,' meddai'r angel yn swta, cyn mynd allan a gadael Tomos i wynebu Pedr.

''Stedda fan'na,' oedd gorchymyn Pedr i Tomos, gan agor y Llyfr Mawr oedd ar y ddesg. 'Pwy 'wedodd wrthot ti am ddod heddi?'

Teimlai Tomos ar goll yn yr holl ddryswch. Ond yr oedd Pedr yn siarad ag ef:

'Dyma ni. Tomos Williams, Nant Gors Ddu . . . y twpsyn ag wyt ti. Rwyt ti wedi dod bum mlynedd yn rhy fuan.'

'Falle fod 'na fistêc,' dadleuodd Tomos.

'Fyddwn ni byth yn gneud mistêc. Y chi ar y ddaear 'na sy'n gneud mistêcs.'

Ni wyddai Tomos beth i'w ddweud nesaf. Pe bai Wil Soffi gydag e, fe allai hwnnw ei helpu, ond nid oedd Wil wrth law pan oedd ei wir angen. Yn sydyn daeth fflach o weledigaeth pan gofiodd fod y Cynghorydd Sirol wedi marw'n ddiweddar. Gallai hwnnw dynnu weiars o bob cyfeiriad.

'Rwy am weld John Heiffen Ifans.'

'Pwy yw hwnnw?' gofynnodd Pedr.

'Ro'dd e'n Gownti Cownsilor ar y ddaear. Ma' fe wedi helpu lot o'r un enwad ag e, a ma' Marged ni yn perthyn o bell iddo fe. Fe fydd hynny'n help.'

'Pryd gadawodd e'r ddaear?'

'Rhyw fis yn ôl,' atebodd Tomos.

Edrychodd Pedr drwy'r Llyfr Mawr. Rhedodd ei fys dros yr Ifansod, o'r Aarons i'r J.Hs.

'Na. Dyw e ddim yma.'

'Ble ma' fe 'te?' holodd Tomos yn bryderus.

'Wn i ddim. Falle 'i fod e yn y Lle Arall lawr draw.'

'Paid palu celwydde, Pedr.'

'Y fi yn gweud celwydde?' meddai Pedr.

'Ie, ti. Fe 'wedodd Mr Jones y Gweinidog ma' ti oedd y celwyddgi mwya' o'r deuddeg. Wyt ti'n cofio'r cilog yn canu dair gwaith?'

Neidiodd y ddau at yddfau ei gilydd, ac wrth gael y gwaethaf o'r frwydr daeth Tomos i'r penderfyniad sydyn mai'r peth doethaf iddo ef oedd hedfan yn ôl i'r ddaear. Wedi iddo hedfan a hedfan am oriau lawer drwy'r niwloedd a'r tywyllwch agorodd ei lygaid yn araf.

'Ma' Mr Williams yn dod ato'i hunan,' sibrydodd y nyrs yng nghlust Marged.

Edrychodd Tomos yn syn ar Marged. Gwenodd hithau'n annwyl iawn arno yntau.

'Rwyt ti lot yn well, Tomos bach. Ma'r doctor yn gweud y byddi di'n iawn gydag amser.'

Estynnodd Marged y soser â'r cystard arni oddi ar y locer yn ymyl y gwely:

'Rwy wedi gneud cystard i ti.'

Daeth Tomos i fwyta o'r llwy, fel plentyn. Yr oedd eisiau bwyd arno. Ymhen y mis yr oedd yn ddigon cryf i fynd adref. A dechreuodd ofidio am na fedrai gofio ond saith o'r naw a estynnodd owns o faco shàg iddo. A daeth Mr

Jones y Gweinidog â'i offrwm o faco aroglus, y *Smoker's Delight*.

'Fydda i ddim yn 'i iwso, ond 'i gadw fe i gofio am Mr Jones.'

Ond yr oedd Marged yn nes at y gwirionedd pan ddywedodd:

'Yr unig faco y gall Tomos Ni 'i smoco yw y siwperffein shàg. Ma' fe wedi gwastraffu lot o faco bach neis.'

Annoethineb Solomon

Ar y Sul cyntaf o Fawrth, yn ôl ei arfer ers blynyddoedd, daeth y Parchedig Mydroilyn Huws i wasanaethu yn y Capel Bach. Hwn oedd y dyddiad blynyddol a elwid yn 'Sul Mydroilyn' gan y saint. Ni fynnai Marged golli'r oedfaon am y byd, am mai ef, ar wahân i Mr Jones y gweinidog, oedd ei hoff bregethwr. Dyna farn bendant Leisa Gors Fawr hefyd, er ei bod hi'n gwybod mwy am ieir nag am bregethwyr, a gellir ychwanegu fod Leisa yn anterth ei dyddiau blodeuog yn fwy cydnabyddus â gweision yr Hafod na gweision yr Arglwydd.

Pan oedd y cloc yn taro un o'r gloch gwaeddodd Leisa mewn llais-dyn-sgadan wrth ddrws Nant Gors Ddu:

'Wyt ti'n barod, Marged?'

'Dim ond gwisgo 'nghot. Wyt ti wedi dod yn gynnar iawn, wyt ti ddim?' atebodd Marged.

'Dyw 'nghymale i ddim mor ystwyth â dy gymale di. Dillad llygod, paid gwisgo dy got ore, neu fe fydda i'n edrych fel pechod ar dy bwys di. Ma'r hen got 'ma sy gen i fel cot jipsi. Dwy ddim yn credu y daw brân yn agos ata i.'

Gwisgodd Marged ei chot ail-orau o barch i ddymuniad Leisa.

'Wyt ti Tomos ddim yn dod i wrando Mydroilyn?' gofynnodd Leisa'n ddifrifol. Gellid meddwl mai hi oedd y dduwiolaf o wragedd.

Anesmwythodd Tomos yn ei gornel cynnes, wedi cael ei lwyr ddwysbigo gan y cwestiwn. Yr oedd y ffaith fod Leisa o bawb yn awgrymu y dylai fynd i'r oedfa yn gwneud iddo deimlo cywilydd a diflastod.

'Na, wir. Taten a dŵr gewch chi heddi,' mwmialodd o dan ei ddannedd.

Ffyrnigodd Leisa i amddiffyn y Parchedig Mydroilyn Huws.

'Ro'dd e'n pregethu'n dda y tro dwetha y buodd e gyda ni. Rwy'n dal i gofio'i bregeth e. Fel yr o'dd Moses yn rowndio'r anifeilied a'r adar i fynd mewn i'r Arch. Wyt ti'n cofio amdano fe'n canu'r pennill doniol am y cadno a'r iâr, a'r llew a'r llo bach, a'r llygoden yn mynd ar gefen yr eliffant miwn i'r Arch?'

'Paid clebran nonsens, Leisa. Fe ddylet ti wbod mai Noa adeiladodd yr Arch, nid Moses,' atebodd Tomos fel gŵr yn ffroeni buddugoliaeth.

'Pwy bynnag adeiladodd hi, fe wna'th e jobyn dda ohoni. Ro'dd hi'n dal dŵr yn well na'r sièd 'co sy gen i i gadw'r gwair. Ma' honno'n gollwng yn bibe.'

'Darllen di dy Feibl, Leisa,' ychwanegodd Tomos wrth ddal ei dir yn gyndyn.

'Tomos bach, ma'r Beibl 'co sy gen i mor hen â Methiwsela, pwy bynnag o'dd hwnnw.'

Torrodd Tomos ar ei thraws i ddweud wrthi mai Methiwsela oedd y dyn hynaf yn y byd, a'i fod e wedi byw am dros naw cant o flynyddoedd.

'Os buodd e fyw mor hen â hynny ma'n rhaid 'i fod e wedi pesgi ar 'i benshon,' meddai Leisa.

Eglurodd Tomos na chafodd yr hen frawd yr un pensiwn er iddo fyw mor hen. Ni fedrai Leisa ddeall hynny, ond esboniodd Tomos nad oedd yr un 'Post Offis' ar gael i rannu pensiwn yr adeg honno.

Er iddi golli'r ddadl, mynnodd Leisa ddychwelyd at y Beibl:

'Ma'r Beibl sy gen i ar ôl gŵr mam-gu, a ro'dd hwnnw'n bedwar ugen a deg pan fuodd e farw. Fe fydde fe wedi byw am ugen mlynedd arall oni bai iddo fe dorri'i lymgig wrth dynnu'r gaseg ma's o'r gors.'

Cerddodd y got lwyd a'r got frown i lawr ogam-igam dros lwybr y Cae Dan Tŷ. Yn awr ac yn y man safai'r got frown i wrando ar y got lwyd oedd yn chwifio'i breichiau o gwmpas wrth adrodd rhyw stori sgandal yn huawdl iawn. Ymlaen wedyn cyn sefyll drachefn i roi cyfle i'r ddwy got gwnsela â'i gilydd. Ond llwyddodd y ddwy i gyrraedd cyntedd y Capel Bach cyn chwarter i ddau o'r gloch.

Yr oedd y Parchedig Mydroilyn Huws yno o'u blaenau. Estynnodd ei law wen fawr i ysgwyd dwylo a chyfarch yn enw'r Efengyl. Llefarai'n hyglyw a phregethwrol.

'Mae'n hyfryd i ganfod y chwiorydd ffyddlon wedi cyrraedd yn brydlon yn ôl eu harfer. Wrth y gwragedd y dywedodd yr Iesu ei gyfrinachau mawr.'

Llawenhaodd Leisa o dan fendith y fath anrhydedd. Byddai ganddi rywbeth i gnoi cil arno pan fyddai'n godro'r ddwy fuwch ddwywaith drannoeth.

'Croeso Mr Huws bach,' cyfarchodd Marged ef yn llon.

'Wnewch chi gymwynas â fi?' holodd Leisa.

'Os medra i. Bydd hynny'n bleser.'

'Y'ch chi'n fodlon pregethu pregeth Arch Noa y prynhawn 'ma? Fe fyddwn i wrth fy modd yn ca'l gwrando arni eto.'

Ymsythodd y Parchedig a phesychodd yn bwysig. Hebryngodd y polo gyfleus o boced ei wasgod i gornel ei geg yn gyflymach na'r un consuriwr. Yr oedd yn falch fod un o wragedd y werin gyffredin yn cofio un o'i bregethau mawr, ac yn awchus am gael ei chlywed drachefn.

Daeth y Siopwr o'r fynwent lle bu'n archwilio

cerrig beddau ei ddwy wraig. Oedodd ennyd i gyfarch y pregethwr.

'Peidiwch â bod yn hir y prynhawn 'ma. Ma' gen i lawer o waith wrth y V.A.T. Dyw gweinidogion ddim yn gwbod beth yw V.A.T.'

Llithrodd fel llysywen i'r capel i ddewis yr emynau byrraf ar gyfer y gwasanaeth. Chwarddodd y ddwy fenyw. Gwenodd y pregethwr fel y dylai Cristion wenu pan fyddo'n cael ei anwybyddu gan fateroliaeth y byd. Erbyn dau o'r gloch yr oedd yno dri ar ddeg o wrandawyr – un yn fwy na'r Sul cynt, a Leisa oedd honno.

Cyn y bregeth cododd y Siopwr ar ei draed i gyhoeddi. Rhwbiodd ei ddwylo fel pe bai y tu ôl i gownter y siop:

'Bydd cwrdd am ddeg y Sul nesa a bydd Mistir Jones yn pregethu.' Yna eisteddodd yn fflat fel trap llygod a chaeodd ei lygaid i freuddwydio am y V.A.T. a'i holl broblemau.

Cododd y Parchedig Mydroilyn Huws ar ei draed yn y pulpud. Gwthiodd ei fodiau i bocedi isaf ei wasgod gan adael i'w fysedd hongian allan yn yr oerfel:

'Annwyl frodyr a chwiorydd,

Cyn dyfod i mewn i'r deml hon mi gefais gais arbennig gan un o'r chwiorydd ffyddlon [trodd Leisa ei phen i ddau gyfeiriad gan wenu'n gegagored] gan un o'r chwiorydd ffyddlon, am i mi bregethu eto am yr anifeiliaid yn cael eu casglu i ddiogelwch yr Arch. A dyma hi – *with variations.*'

Gwingodd y Siopwr fel pe bai drain yn tyfu o dan ei ben-ôl yn y sêt fawr. Tynnodd Bili Bach bapur a phensil o'i boced er mwyn ysgrifennu enwau'r anifeiliaid fel y byddent yn mynd i'r Arch bob yn bâr. A thuriodd Marged yn ddyfal am ddwy bepermint – un iddi hi, ac un i Leisa. Daeth yr oedfa i ben am naw munud i dri, ar ôl cau'r Beibl, y llyfrau emynau, a drws y capel.

'Dowch gyda fi i ga'l te,' meddai Marged wrth y pregethwr. A diolchodd yntau am y waredigaeth o beidio cael ei gaethiwo am deirawr ym mharlwr y Siop yn edrych ar genedlaethau o fasnachwyr barfog yn gwenu neu yn gwgu ar y wal werdd.

'Fe awn ni yn y gambo,' meddai.

'Be ma' fe'n feddwl?' gofynnodd Leisa i Marged nes i Mydroilyn glywed yn ddamweiniol. Atebodd yntau yn lle Margaret:

'Gambo fydda i'n galw'r cerbyd 'ma.'

Chwarddodd y ddwy yn iachus.

'Wel, wel, dyna ddyn bach doniol y'ch chi, Mr Huws,' crybwyllodd Marged, gan estyn pepermint iddo.

Gyda Marged yn y sedd flaen yn ei ymyl, a Leisa heb fod angen hynny yn dangos y ffordd iddo o'r sedd ôl, gyrrodd Mydroilyn y 'gambo' i gyfeiriad y bryniau a Nant Gors Ddu, ond yr oedd Leisa'n awyddus iawn i gael eglurhad ar y broblem oedd yn ei blino. Yr oedd hwn yn gyfle gwych i holi'r pregethwr.

'Sgusodwch fi, Mr Huws.'

'Ie?'

'Fe hoffwn i pe bawn i'n ca'l 'sboniad ar un peth sy'n ofid mowr i fi.'

'Beth yw hwnnw?' gofynnodd Mr Huws.

'Wel, y tro dwetha fe wedoch chi fod y cadno yn mynd gyda'r iâr, y llew gyda'r llo bach, a'r llygoden yn mynd gyda'r eliffant, nage sori, y llygoden yn mynd ar gefen yr eliffant i mewn i'r Arch. Ond heddi fe wedoch chi ma'r clacwydd o'dd yn mynd gyda'r cadno, y blaidd gyda'r llo bach, a ma'r broga o'dd yn mynd ar gefen yr eliffant. Pam o'ch chi'n gweud yn wahanol?'

Diolchodd y pregethwr am fod un o leiaf yn cofio ei bregeth cyn iddo ei hadnewyddu. Canmolodd Leisa am ei sylwgarwch. ('Ma hon am fynd i'r sêt fowr o fla'n Tomos Ni,' sibrydodd Marged dan ei dannedd.)

Yr oedd yn rhaid i'r Parchedig Mydroilyn Huws ei gyfiawnhau ei hun. Pesychodd. A phesychodd ddwywaith wedyn.

'Fe ddywedais i y buasech chi'n cael yr un bregeth, yn ôl eich dymuniad. Ond, sylwch, *with variations*. A dyna gawsoch chi. Dyna'r *variations* i chi.'

Eisteddodd Leisa yn ôl yn ei sedd, yn falch ei bod wedi cael ateb i'w chwestiwn gan y gŵr doeth ei hun.

'Dyna beth mowr yw colej,' sibrydodd wrth ei maneg.

Chwarae teg i'r Parchedig Mydroilyn Huws, yr oedd ei ddiddordeb mewn plant, ac yr oedd plant yn hoff o'i gwmni yntau. Fe gofiodd am Tomos Dylan, ŵyr i Sara Phebi a Stan o Gwm Aberdâr a oedd yn Nant Gors Ddu ar ei wyliau pan ddaeth y pregethwr i de at Tomos a Marged ar brynhawn Sul ryw flwyddyn yn ôl.

'Dywedwch i mi, Mrs Williams, beth yw hanes yr hogyn bach direidus hwnnw oedd efo chi y tro diwetha y cefais i de efo chi a Tomos Williams?'

'Tomos Dylan y'ch chi'n feddwl, Mr Huws?'

'Ie, dyna chi. Hogyn bach yn llawn bywyd?'

'Newydd fynd 'nôl i'r Sowth ma' fe. Ro'dd 'i dad yn ddigon dwl i brynu donci iddo fe.'

'Ble mae'r donci ar hyn o bryd, Mrs Williams? Mi ddywedwn i nad oes fawr o le yn Aberdâr i letya anifail o'r fath.'

'Ma'r donci gyda ni, yn ca'l lle da yn y stabal. A gweud y gwir ma' dou ddonci o gwmpas y lle 'co ar hyn o bryd.'

'A wyf fi wedi deall yn iawn fod gennych ddau asyn ar eich tiriogaeth y dyddiau hyn?'

'Dou ddonci, reit i wala. Tomos Ni a Solomon.'

'Diddorol iawn, Mrs Williams. A phwy yw Solomon, os caf fi fod mor hyf â gofyn?'

'Solomon yw enw'r donci,' atebodd Leisa, gan fod yn enau cyhoeddus i Marged yn hytrach na gadael i Marged ateb drosti hi ei hun.

'Hynod o ddiddorol. Dywedwch i mi, a yw Solomon yr asyn yn ddoeth fel Solomon yr Hen Destament?'

Achubodd Marged y blaen ar Leisa y tro hwn.

'Ma'r donci yn ddigon doeth, Mr Huws, ond ma' Tomos fel dyn dwl wrth drafod Solomon.'

'Felly'n wir. Mae bywyd yn sicr o fod yn ddiddorol iawn yn Nant Gors Ddu.'

*　　*　　*

Gan fod Marged wedi mynd i'r oedfa cafodd Tomos y tŷ a'r cyffiniau iddo ef ei hun am ryw ddwyawr fel y tybiai. Pe bai wedi gorwedd ar y sgiw i smocio byddai popeth yn iawn, ond aeth allan i'r stabl i gael golwg ar Solomon, asyn Tomos Dylan.

Pan glywodd Solomon sŵn traed yn dynesu daeth i'r casgliad nad oedd yr adeilad tywyll yn lle delfrydol i dreulio prynhawn o segurdod. Y foment yr agorodd Tomos ddrws y stabl ffroenodd y creadur yr awyr iach, a gwthio'i drwyn heibio iddo heb gymaint â 'Shwd y'ch chi heddi'.

Cofiai Solomon am yr amser braf a gafodd pan aeth i lawr i'r pentref i fwyta'r dail a'r blodau o flaen y tai. Yr oedd yn ddiwrnod ardderchog, heb sŵn traffig o gwmpas, i fynd yno drachefn, ond rhedodd Tomos o'i flaen a chau'r llidiart yn glep.

'Dyna greadur ystyfnig yw dyn, yn enwedig hen ddyn,' meddyliodd yr asyn.

Ond nid oedd am fynd yn ei ôl i'r stabl a'r tywyllwch a'r caethiwed, a brysiodd ar drot i gyfeiriad y gors. Mae'n wir nad oedd yno ddail gwyrdd a blodau lliwgar i'w bwyta. Nid yw trot asyn yn gyflym yn ôl safonau dynoliaeth, ond y mae'n benderfynol, yn benderfynol iawn ar adegau. Rhedodd Tomos mor gyflym ag y gallai o dan yr amgylchiadau, ond deallai Solomon fod anadl yr hen ddyn yn byrhau, byrhau o hyd. Rhaid ei fod wedi colli llawer o'i wynt wrth iddo redeg yn rhy gyflym i gau'r llidiart.

Gwyddai Tomos fwy na Solomon am ddaear-yddiaeth y gors neu, fel y dylid ysgrifennu: Y Gors. Onid oedd ei dylanwad ar enwau'r tyddynnod gwasgaredig ar ei hwyneb? Dyna enwau megis Nant Gors Ddu, Gors Fawr, Gors

Ganol, Gors Fach, Pant Gwyn, Pant Glas, Pant Melyn, a mwy. Cymry gwerinol oedd y trigolion i gyd.

Cafodd Tomos ei fagu ar gyfyl Y Gors, ac yr oedd hi mor gyfarwydd iddo â chefn ei law. Pan welodd ef yr asyn yn clungamu i gyfeiriad y siglen beryglus, cofiodd i'r fignen honno fod yn brofedigaeth i lawer creadur anffodus. Nid oedd diben i Tomos weiddi rhybudd am y perygl am na fyddai Solomon yn deall yr un gair. Safodd mewn dychryn. Yr oedd yr asyn wedi sefyll, ac yn mynd yn llai ac yn llai fel pe bai'r ddaear yn llyncu ei goesau. A dyna oedd yn digwydd. Suddai'r creadir hirglust yn araf i'r gors.

*   *   *

Canmolai'r Parchedig Mydroilyn Huws ei gerbyd dengmlwydd wrth i hwnnw rygnu'n besychlyd a thrafferthus i fyny'r ffordd gul, fynyddig.

'Ma'n well i Leisa a fi fynd lawr i gerdded,' bloeddiodd Marged.

'Mae popeth yn iawn, Mrs Williams. Mae'r gambo fach a Ffydd wedi mynd â mi i ben y daith niferoedd o weithiau, ond diolch i chi am . . .'

Cyn iddo orffen y frawddeg bregethwrol tasgodd y cerbyd sigledig dros garreg enfawr nes i Leisa daro ei phen yn erbyn y to. Cododd hithau ei het o'i llygaid, a gallai'r Parchedig fynd ar ei lw iddo glywed rheg yn tasgu allan rhwng ei gwefusau.

Leisa oedd y cyntaf i weld Tomos yn chwifio'i freichiau fel dyn o'i gof. Gwylltiodd Marged wrth synhwyro beth oedd wedi digwydd.

'Stopwch wrth dalcen y tŷ,' meddai.

Gwasgodd Mydroilyn ar y throtl a stopiodd yn sydyn yn ymyl stand bwyd y mochyn. Ni fu Marged fawr o dro cyn newid i'w dillad gwaith, gwisgo'i wellingtons, a chyrchu rhaff o'r sièd. Ni fedrai Leisa wneud dim wrth edrych mewn anobaith, ond mentrodd Huws yn ei sgidiau dal-adar fel dawnsiwr bale wrth groesi'r gors wleb.

'Gweddïwch, Mr Huws bach,' llefodd Leisa a'i thraed ar dir sych.

A thrwy weddi a rhaff a chydweithrediad Marged – a fagwyd ar fin y gors – achubwyd Solomon rhag suddo i'r dyfnder dyfrllyd.

* * *

'Dyna lwcus fod pregethwr gyda ni,' meddai Marged yn ddiweddarach wrth glandro yn y drâr am bâr o sanau sych i was yr Arglwydd. Brysiodd i'r llofft wedyn a dod lawr â throwsus Tomos ar ei braich.

'Cerwch i'r parlwr, Mr Huws, a gwisgwch y rhain rhag ofan i chi ga'l annw'd ar ôl glychu.'

Daeth y Parchedig Mydroilyn Huws allan o'r parlwr fel pe bai yn Saul yn nillad Dafydd. Ymddangosai fel person wedi tyfu allan o'i drowsus mewn pum munud.

Rhoddodd Leisa ei llaw ar ei cheg. Yr oedd ei hwyneb yn goch gan chwerthin. Bu am wythnosau'n adrodd am y Waredigaeth ryfedd pan achubwyd 'Tomos a'r donci' o safnau'r Gors yn ymyl Nant Gors Ddu. A chwarddodd am flynyddoedd wrth gofio am y pregethwr yn dod allan o'r parlwr mewn trowsus oedd yn rhy fach iddo.

Y Janiweri Sêls

Daeth Marged i'r penderfyniad fod angen cot newydd arni. Yr oedd y got frown, a brynasai ddwy flynedd cyn hynny ar stondin ffair Sami Pacmon, eisoes yn dangos ei dannedd. A phan oedd y gaeaf yn dechrau tynnu ei draed ato, awdurdodwyd Wil Soffi i fynd â hi a Tomos i Abertawe. Am naw o'r gloch un bore dydd Mercher yr oedd y tacsi yn disgwyl amdanynt ar ben y lôn.

Yr oedd 'Bilco' (a gafodd ei enw ar ôl cymeriad mewn ffilm Americanaidd), sef mab Sara Phebi, merch i gefnder Marged a Stan ei gŵr analluog, erbyn hyn yn strabyn heglog yn berchen landrofer ac wedi llogi carafán i'w gosod ar lan yr afon ar dir Nant Gors Ddu a bu Wil Soffi ar ei golled.

Ymledodd gwên lydan dros wyneb Wil wrth iddo groesawu ei hen gwsmeriaid yn ôl i'r gorlan, neu yn hytrach i'r Ostin. Neidiodd allan yn ffwdan i gyd i agor y drysau ac ymwthiodd Marged yn drafferthus i'r sedd gefn. Ymsuddodd Tomos yn gyffyrddus i'r sedd flaen gan ddiolch fod yna ambell yrrwr gofalus o hyd ar ôl yn y byd carlamus hwn. Nid oedd gan yrrwr y landrofer barch i gathod a chŵn, heb sôn am ddefaid a gwartheg, a chafodd amryw o'r cyfryw rai ddihangfâu gwyrthiol.

'Ddylet ti ddim smoco pan fydd William Jones yn dreifo,' gwaeddodd Marged yn uwch nag y dylai, oblegid yr oedd hi wedi cyfarwyddo â'r landrofer swnllyd.

Ni chymerodd Tomos arno ei fod yn ei chlywed. Agorodd Wil ychydig o'r ffenestr yn foneddigaidd rhag i'r mwg ei dagu.

'Ma' Tomos a fi am fynd i'r Janiweri Sêls,' meddai Marged wrth edrych yn ei handbag i wneud yn siŵr fod ei harian yno yn ddiogel.

'Ry'ch chi'n gall iawn. Nawr yw'r adeg i ga'l bargen,' atebodd Wil.

Trafodasant y tywydd, afiechydon, carwriaethau, marwolaethau ac achau. Yn y dyddiau hynny, prin oedd y llofruddiaethau. Cyn iddynt orffen rhoi'r byd yn ei le daethant at ran o draffordd newydd, a gwelodd Tomos y traffig yn cylchu'n wyllt.

'Bachan, William Jones. Be chi'n galw hwnco?'

'Rownd abowt,' atebodd Wil, yn wybodus.

'Bachan, bachan, dyna wastraff ar dir da. Fe allech chi gadw dafad yn rhwydd ar y pishyn glas 'co.'

Cytunodd Wil, a gyrrodd ei dacsi yn ddeheuig i'r dde ac yna i'r chwith. Diolchodd Tomos mai Wil, ac nid Bilco, oedd wrth yr olwyn.

'Ma'r car 'ma fel gwely,' gwaeddodd Marged o'r cefn, a derbyniodd Wil y ganmoliaeth, gan wasgu ei draed ar y throtl.

*   *   *

Ar ôl cyrraedd Abertawe gosododd Wil ei deithwyr i lawr yn y maes parcio. Bu'n ofalus iawn ohonynt wrth eu harwain a'u bugeilio i'r ganolfan siopa, meca'r bargeinion ym mis Ionawr. Yna fe'i cynghorodd fel tad yn cyfarwyddo ei blant:

'Cofiwch chi ddod 'nôl fan hyn erbyn hanner awr wedi tri. Dyco Wlwyrth fan'co. Fe fydd yn ddigon hawdd i chi ffeindio'r ffordd 'nôl.'

Edrychodd Tomos yn fanwl o'i gwmpas er mwyn astudio daearyddiaeth y lle. Yr oedd colli'r ffordd yn Abertawe yn fwy trafferthus na mynd ar goll yn y niwl ar y mynydd. Ymlaen ag ef a Marged i ganol y cannoedd oedd yn heidio fel defaid ar ddiwrnod cneifio.

Safodd y ddau o flaen siop ddillad. Darllenodd Tomos yn uchel nes tynnu sylw'r Cymry oedd o'i gwmpas – 'Siaredir Cymraeg Yma.' Gan nad oedd Saesneg yr un o'r ddau yn rhyw dda iawn, mentrodd Marged i'r siop honno. Fel y dywedodd hi wrth Leisa Gors Fawr trannoeth: 'Fe ddaeth y fenyw fach neisa yn y byd ata i, a honno'n siarad Cymrâg perffeth. Meddwl am hynna nawr, Cymrâg yn Abertawe. Ro'dd 'i brawd hi hefyd yn cadw dillad dynion, ddou ddrws nes lan.'

A dyma saga Tomos yn y siop honno.

Rhoddodd Tomos ei ben trwy ddrws y siop. J.S.J. – Men's Wear – Dillad Dynion – Welcome – Croeso.

Aeth yn ei flaen at y cownter, a gofyn i'r dyn penfoel oedd yn darllen papur dyddiol, 'Beth yw'r J.S.J. 'ma?'

Cododd y siopwr ei ben i ateb Tomos:

'John Samuel Jones – dyna enw 'nhad. Ro'dd e'n dod o Aberystwyth.'

Roedd Tomos wrth ei fodd ei fod wedi dod o hyd i Gymro o siopwr, a hwnnw'n Gardi. A dywedodd ei neges.

'Rwy am brynu cot fowr.'

Edrychodd y siopwr arno. Sylwodd fod cot fawr Tomos yn cyrraedd i lawr dros hanner ei goesau:

'Rwy'n sylwi – Mr beth y'ch chi?'

'Tomos Williams.'

'Diolch . . . Rwy'n sylwi fod y got fawr sy amdanoch chi braidd yn hen ffasiwn – mewn gwirionedd, ma' nhw allan o'r ffasiwn yn llwyr.'

Ciliodd yn ei ôl i sylwi'n fanwl ar ei ddarpar-gwsmer. Cerddodd i ganol y llawr a thynnu allan got lwyd oddi ar y rhesel cotiau mawr.

'Tynnwch eich cot a threiwch hon, plis.'

Ymddihatrodd Tomos o'i got drymlwythog fel broga yn newid ei groen yn y gwanwyn. Gwisgodd y got newydd. Yr oedd yn ffitio fel maneg – ond o ran hyd yr oedd lawer yn rhy fyr. Dywedodd hynny wrth y siopwr.

'Dyna'r ffasiwn, Mr Williams. Ry'ch chi'n edrych ugen mlynedd yn ieuengach.'

'Faint yw hi?'

'Pedwar deg pum punt.'

Bu bron i Tomos lewygu. Yr oedd yn rhaid gofyn barn Marged.

Ugain munud yn ddiweddarach yr oedd Marged wedi llwyddo i gael y siopwr yn siop J.S.J. i ostwng y pris o bumpunt.

Dyna'r diwrnod hwylusaf o siopa a gafodd y ddau ers blynyddoedd. Yr oedd digon o amser ganddynt wedyn i weld y rhyfeddodau.

'Paid mynd yn rhy bell rhag ofan i ni golli'r ffordd,' siarsiai Marged o hyd. Yna, Tomos yn dilyn Marged, a Marged yn dilyn Tomos, o ffenestr siop i ffenestr siop, gan edrych rownd y corneli yn awr ac yn y man i wneud yn siŵr fod Wlwyrth yn dal yno.

Yn sydyn daethant ar draws Wil yn syllu i ffenestr oedd yn llawn o foto-beics. Edrychodd Marged yn llawen arno fel pe na bai wedi ei weld ers diwrnodau.

'Wel, wel, William Jones. Pwy feddylie ein bod ni'n cwrdd fel hyn! On'd yw'r byd yn fach?'

Aeth Wil â hwy i gael cwpanaid o de.

'Dim ond te a bynen i fi,' meddai Marged.

'Bara menyn a the cryf a chwlffyn o gaws i fi,' oedd archeb Tomos.

A Wil yn gwledda ar gaws ar dost.

'Beth yw hwnna?' gofynnodd Tomos.

Yr ateb a glywodd Tomos oedd 'Welsh rabbit'. Fe wyddai beth oedd 'Welsh' a beth oedd 'rabbit' yn Gymraeg. Ond nid oedd dim yn debyg i gwningen ar blât Wil. Y cyfan a dywedodd Tomos o dan ei anadl oedd:

'Ma' nhw'n byta pethe rhyfedd yn 'Bertawe 'ma.'

I ffwrdd â nhw at y tacsi gyda Wil yn cario'r ddau barsel.

Ar ôl brecwast fore trannoeth brasgamodd Leisa Gors Fawr a Sara Gors Ganol am y cyntaf ar draws y gors i Nant Gors Ddu i weld a gafodd Marged fargen neu ddwy. Wedi iddi olchi ei dwylo'n lân â'r sebon coch, ciliodd i'r parlwr a daeth allan yn holl urddas ei gogoniant. Syllodd y pedwar llygad yn feirniadol a deallus arni. Leisa agorodd y drafodaeth.

'Ma' hi'n dy ffito di i'r blewyn. A dyw hi ddim yn rhy fyr o gofio dy oedran di. Paid cau'r botyme rhag ofan i ti ddangos gormod o dy ben-ôl.'

Syllodd Sara yn edmygus cyn rhoi ei barn onest:

'Rwy'n leico nefi blw. Ma' fe'n liw bach neis i fynd i angladde, ar wahân i angladd Tomos . . . ond fydd hynny ddim am flynydde . . . am flynydde mowr . . . fe fyddwn ni'n tair wedi mynd o'i fla'n e.'

Ymfalchïodd Marged. Ymdeithiodd o gwmpas y gegin fel manecwin mewn sioe ffasiynau. Yna, llithrodd yn ei hôl i'r parlwr, ac ymddangosodd eilwaith â het flewog o liw glesni'r môr yn coroni ei phen. Am foment neu ddwy teimlai Leisa a Sara eu bod yn sefyll o flaen y fam-frenhines, nes iddynt edrych tua'r llawr a gweld mai esgidiau bob-dydd Marged oedd am draed y person a wisgai'r got nefi a'r het las.

Daeth Tomos i'r tŷ. Brysiodd Marged i'r parlwr drachefn.

'Dere 'ma, Tomos. Gwisga dy got newydd er mwyn i Leisa a Sara ga'l 'i gweld hi.'

'Gad dy ddidoreithrwydd, Marged. Rwyt ti a fi yn rhy hen i whare plant bach.'

Cymellodd Marged. Darbwyllodd Leisa. Perswadiodd Sara. Ac ildiodd Tomos yn ystyfnig i wamalrwydd gwragedd nad oedd ganddynt ddim byd gwell i'w wneud ar yr awr arbennig honno o'r dydd.

Ni welwyd cot fawr fel honno erioed ar dir yr ymylon. Yr oedd poced ar ei brest, hyd yn oed, a fflap a botwm arni yn union yr un fath â phoced siwt swyddog o'r fyddin. Ond ei byrdra oedd yn ddiddorol oherwydd yr oedd ei gwaelod yn gorffen bedair neu bum modfedd uwchlaw pen-gliniau Tomos, ac yntau ar hyd y blynyddoedd wedi arfer gwisgo cot fawr oedd yn cyrraedd bron at ei esgidiau. Edrychodd Marged mewn edmygedd a balchder â'i phen ar dro, a chododd ei dwylo i 'wel-welio' y pilyn diweddaraf yn wardrob Tomos: 'Dyma'r ffasiwn heddi,' meddai'n llawen.

Bu bron i Leisa gyfrannu sylw anweddus at y drafodaeth. Bu bron iddi ddweud na fyddai gwynt y Dwyrain na chawodydd gaeafol yn parchu cot o'r fath, ond cafodd ras i ymatal, a llwyddodd i ddweud yn gynnil:

'Ma' fe'n edrych yn ifanc ynddi hi.'

'Bydd y mynŵod yn rhedeg ar 'i ôl e,' ychwanegodd Sara.

A gwridodd Marged.

*   *   *

Nos Sadwrn aeth Tomos, yn ôl ei arfer, i shafio a'i ymgeleddu ei hun ar gyfer y Sul. Byddai'n rhaid iddynt fynd i'r capel drannoeth am na

fyddai llawer yn bresennol, ac o barch i Mr
Jones, y gweinidog.

Gafaelodd Tomos yn y drych a'r siswrn i docio
ei fwstásh cyn iddo fynd allan o reolaeth. Y
foment honno, ruthrodd Bilco i'r tŷ fel rhyw
greadur gwyllt yn dianc i loches.

'Hylô, Anti Marged. Hylô, Wncwl Tomos.'

Eisteddodd Marged ar y sgiw mewn syndod.

'O ble doist ti, bach?'

'O adre. Ma' Rozanne yn y garafán.'

'Dere â hi i'r tŷ.'

'Na, ma' hi'n gneud y gwely'n barod.'

'Ellwch chi ddim cysgu gyda'ch gilydd cyn
priodi,' siarsiodd Marged. Ond yr oedd dadl gref
gan Bilco.

'Ma' un o mêts fi yn cysgu gyda dwy
girlfriend yn y carafán yn Porthcôl.'

Gwenodd Tomos. Pwy oedd ef i ymyrryd
rhwng Marged ac un o'i thylwyth? Gallai
ddwyn ar gof i Marged mai yn ystod un o
nosweithiau tanllyd Sara Phebi y cenhedlwyd
Bilco ei hun ar fynydd Aberdâr. A diolchodd
Tomos nad oedd ganddo ef berthnasau digon
agos i'w disgyblu a gweddïo drostynt.

'Be sy mla'n, Wncwl Tomos?'

'Treio tocio tipyn ar y mwstásh 'ma cyn iddo
fe dyfu'n rhy fowr i ddod trw'r drws.'

Chwarddodd Bilco.

'Fe docia i fe.'

'Wyt ti'n meddwl y medri di?'

'Fi o'dd yn tocio mwstásh Wncwl Dan pan fydde fe'n mynd i'r Internashynals,' meddai Bilco gan gydio yn y siswrn.

'Gofala di na thorri di ormod,' meddai Tomos, gan wneud pob math o ystymiau erchyll er mwyn i'r barbwr mentrus gael pob chwarae teg.

Ond dechreuodd Bilco wneud cawl o bethau.

'Dere â'r shishwrn i fi.'

'Ma' popeth yn iawn, Wncwl Tomos. Dim ond i chi gau'ch llyged, a sefyll yn llonydd.'

'Gwranda di ar Bilco,' meddai Marged.

'Cer o'r ffordd, fenyw,' gwaeddodd Tomos, cyn i'r nofis ymosod o ddifrif ar ei waith o geisio tocio'r mwstásh oedd yn dawnsio rhwng trwyn a gwefus.

Ond bu trychineb anffodus. Ar ansefydlog-rwydd Tomos neu ar letchwithdod Bilco yr oedd y bai. Cipiodd y siswrn awchus fodfedd a hanner dda o ymyl chwith y mwstásh. Neidiodd Tomos o'i gadair a byseddu'r llecyn moel lle bu trwch o flew.

'Dyna ti wedi 'i gneud hi, y mwlsyn twp ag wyt ti! Dyma beth yw mochyndra!'

Gafaelodd yn y drych, a gwelodd ddyn dierth yn syllu'n ôl arno. Gwylltiodd Tomos yn gynddeiriog, fel y disgwyliech i ddyn ymddwyn ar ôl iddo gael ei amddifadu o draean o'i drawswch.

'Fe fydd yn edrych yn deidi, dim ond i fi docio'r ochr arall,' cysurodd Bilco ef.

Aeth Tomos yn fwy cynddeiriog fyth. Ond ar ôl i Marged hir-gymell cafodd y barbwr gynnig arall arni, a neidiodd y siswrn at ei dasg.

Pe bai'r cyw-farbwr yn ddigon hen i gofio'r Ail Ryfel Byd, gallai ymffrostio iddo greu Hitler arall, gan mai mwstásh tebyg i un yr unben Almaenig oedd gan Tomos erbyn hyn.

'Wel, wel,' meddai Marged. 'Rwyt ti Tomos yn edrych flynydde yn ifancach. Go lew, Bilco bach. Falle ma' barbwr fyddi di. Ma' arian mawr i ga'l am dorri gwallte.'

'*Buckshee* i Wncwl Tomos,' ychwanegodd Bilco, nes gwylltio ei ewythr, na wyddai ystyr *buckshee*.

'Paid rhegi o fla'n dy fodryb.'

A chwarddodd Bilco.

Tynnodd Tomos ei fawd a'i fys dros yr hyn oedd yn weddill o'i fwstásh. Teimlai fel pe bai ganddo swch-dodi.

* * *

Daeth y prynhawn Sul gwladaidd dros y fro. Nid oedd neb yn halogi'r Saboth. Yr oedd rhyw barchedig ofn yn gorffwys yn esmwyth-dawel dros bobman. Am ryw reswm na ellid ei esbonio, ni chyfarthai'r cŵn. Yna daeth dynion a gwragedd allan o'u tai i dramwyo'r ffordd gul i eglwys a chapel. Ac yn eu dilyn, yn hwyrach nag arfer, yr oedd Tomos a Marged yn cyrraedd y Capel Bach yn ddiweddar. Sleifiodd y ddau o'r lobi i'r sedd yn ymyl y drws.

Cyfrifodd Tomos y gynulleidfa – 'Deg. Un ar ddeg. Deuddeg. A Marged a fi.' Yr oedd yn ddoethach iddynt eistedd lle roeddent am y gweddill o'r oedfa, rhag i'r dillad newydd, yn enwedig y got dri-chwarter, a'r mwstásh Hitleraidd dynnu sylw'r gwrandawyr.

Wedi iddo ddarllen caeodd Mr Jones, y gweinidog, y Beibl. Edrychodd i gyfeiriad y drws cyn cyflwyno'r ail emyn. Nid oedd ei lygaid fel y buont, a dylai fod wedi derbyn gwahoddiad a chymhelliad cwmni 'Cleareyes' i gael prawf llygaid am bris rhesymol.

Beth bynnag am hynny, penderfynodd mai ei ddyletswydd oedd estyn gair o groeso i'r brawd a'r chwaer oedd wedi troi i mewn i gyd-addoli.

'Wnewch chi, Bili Jones, fynd â llyfr emynau i'r bobl ddierth?'

Neidiodd Bili Bach o'i sedd i gyflawni ei resymol wasanaeth. Ar ôl iddo gyrraedd at y drws cefn agorodd ei lygaid fel dwy soser wen, a bu bron iddo fynd drwy'r llawr.

Clywodd rhywrai ef yn mwmial ar ei ffordd yn ôl i'r sedd . . . Tomos . . . Marged . . . fforiners. A sylwodd Mr Jones arno yn ffugio sgriwio sgriw ddychmygol i'w arlais.

Ond yr oedd Mr Jones yn rhy hen i wenu mewn oedfa ac yn rhy ddoeth i werthfawrogi jôc yn nhŷ Dduw.

Y Gymanfa Bwnc

Yn y dyddiau hynny pan oedd saith wythnos union rhwng y Pasg a'r Sulgwyn, cyn i'r gwybodusion newid y dyddiadau traddodiadol, a chawlio'r almanaciau, cododd problem a hawliai sylw ar unwaith yn festri'r Capel Bach.

Chwarter awr cyn yr adeg arferol i orffen yr Ysgol Sul, cododd Twm Huws yr arolygwr ar ei draed, a gwaeddodd uwchlaw mwstwr byddarol y dadlau:

'Gawn ni dawelwch?'

A bu distawrwydd llethol.

'Annwyl frodyr a chwiorydd . . . a phlant o ran hynny. Rhaid i ni gofio am y plant. Nhw yw'r dyfodol – os bydd 'ma ddyfodol.'

Edrychodd pawb ar ei gilydd.

'Fel ych chi'n gwbod, ma'r Gymanfa Bwnc saith wthnos i'r Sul nesa. Faint ohonoch chi sy am Gymanfa Bwnc 'leni?'

Cododd yr oedolion eu dwylo o ran arferiad. Cododd y plant eu dwylo am fod cymryd rhan yn y 'Pwnc' yn rhan o gytundeb cael trip i lan y môr. Aeth yr arolygwr yn ei flaen.

'Digon hawdd codi dwylo. Ond ma'r Gymanfa Bwnc yn mynd yn llai bob blwyddyn. Os na fydd hi'n well na'r llynedd, man a man i ni aros

gartre. Fel arolygwr yr Ysgol Sul rwy wedi dod
o hyd i un i holi'r Ysgol. Fe ofynnes i iddo fe ar
y prom yn Aberystwyth a ma' fe'n barod i
ddod.'

Torrodd Ianto'r Post ar ei draws. Mae Ianto'n
perthyn i undeb y postmyn. Edrychodd i lygaid
Twm Huws.

''Sgusoda fi. Wyt ti wedi bod yn gyfan-
soddiadol?'

Yr oedd yr arolygwr yn y niwl.

'Be wyt ti'n feddwl, Ianto? Beth yw'r gair
mowr 'na?'

Yr oedd Ianto'n barod i egluro.

'Gofyn wnes i, a oe't ti'n gonstitiwshonal.'
Ddylet ti ddim gofyn i neb heb ddod â'r mater
i'r Ysgol Sul er mwyn i ni ga'l 'i drafod e. Dyna
beth yw bod yn gyfansoddiadol.'

Nid oedd Twm Huws yn fodlon iawn, a
phenderfynodd ddweud ei feddwl yn onest a
phlaen.

'Rydw i 'ma bob Sul. Pe bai pawb fel ti,
Ianto, dim ond rhwng y Pasg a'r Sulgwyn y
bydde'r Ysgol Sul yn ca'l 'i chynnal. Dyna'r
adeg y byddi di'n dod bob blwyddyn. A gweud
y gwir, dim ond dod 'ma i ddadle fyddi di.'

Nid oedd Ianto am ildio.

'Ro'n i'n meddwl mai dyna yw Ysgol Sul –
lle i ddadle.'

'Ie, ond cwmpo ma's fyddi di. Rwyt ti'n byw ar gynnen.'

Gwelodd Edwards yr Hafod ei gyfle i ymyrryd er mwyn ceisio cael heddwch yn y gwersyll.

'Nawr, nawr, frodyr. Oni ddylen ni garu'n gilydd, a dangos parch at ein gilydd? A yw'r arolygwr yn fodlon gweud pwy yw'r person sy'n cynnig 'i hunan i holi'r Ysgol Sul? Ma' Mr Ifans, Biwla, wedi bod yn holi'r Ysgol ers naw mlynedd. Braidd yn ddiflas yw'r holi a'r ateb wedi bod yn ystod y tair blynedd ddwetha, a falle y dylen ni newid yr holwr, er lles y Deyrnas.'

Nid oedd Twm Huws yr arolygwr wedi dod ato'i hun eto, ac ni fynnai fod yr holwr bondigrybwyll yn ei gynnig ei hun.

'Be sy'n bod ar bawb? Fe wedes i mod i wedi holi'r person 'ma ar y prom yn Aberystwyth, a fe wedodd 'i fod e'n barod i ddod. Wedes i ddim 'i fod e'n cynnig 'i hunan.'

'Ma'n ddrwg gen i. Ond pwy yw e?' meddai Edwards.

Cododd Twm Huws ar ei draed i ddatguddio'r gyfrinach a gadwodd cyhyd. Agorodd pawb eu clustiau i wrando'n astud. Aeth yr arolygwr yn ei flaen.

'Ma fe'n ifanc.'

'Fowr o brofiad,' sibrydodd Ianto.

'Athro yw e.'

'Rhy wybodus i ni,' meddai Ianto wrtho'i hunan.

'Athro yn y coleg yn y dre.'

'Pwy enwad yw e?'

'Yr un enwad â ti, Ianto.'

'Rhy ddwfwn i ni.'

'Falle bydd e'n rhy ddwfwn i ti. Ond fe ddaw e lawr i dy lefel di, ac i lefel Ysgol Sul y Capel Bach.'

'Gwed 'i enw e yn lle procian fel'na.'

'O'r gore. Dolwar Powys-Jones.'

Bu bron i Magdalen, merch Moc Insiwrans, neidio o'i sedd. Mae hi yn B.A. (Hons).

'Jiw, jiw,' meddai hi'n gyffrous a chynhyrfus. 'Ma' fe'n broffesor yn yr Iwnifersiti. A ma' fe'n M.A., B.D., B.Litt. Fe fyddwn ni'n lwcus os daw e.'

'Ma' fe'n siŵr o ddod,' sicrhaodd Twm Huws.

'Fedrwn ni mo'i dalu fe,' meddai Ianto.

'Medrwn.'

'Beth yw 'i bris e?'

'Galwn o betrol,' oedd ateb syfrdanol yr arolygwr.

Daeth gwên wawdlyd i wyneb Ianto. Pwy glywodd erioed am y fath ensyniad i ddiraddio graddau prifysgol?

'Dyw holwr "galwn-o-betrol" yn fowr o beth.'

Cododd Edwards ar ei draed. Fel swyddog cyfrifol, ac aelod ffyddlon yn y Capel Bach ers blynyddoedd, yr oedd yn teimlo ei bod yn reidrwydd moesol arno i edrych i mewn i'r sefyllfa rhag ofn fod yr arolygwr wedi camddeall; o ganlyniad, gallai'r Ysgol Sul oedd mor agos at ei galon syrthio i warth ac anfri a bod yn destun gwawd i'r enwadau eraill a fyddai'n cynnal eu cymanfaoedd ar y Sulgwyn neu'r Llungwyn.

Heb godi o'i sedd, cynigiodd Ianto'r Post fod Ysgol Sul y Capel Bach yn rhoi caniatâd i Mr Edwards ddod i gysylltiad â'r Athro Dolwar Powys-Jones M.A., B.D., B.Litt. ynglŷn â'i delerau o alwyn o betrol i holi'r Pwnc.

'Rwy'n cynnig yr eiliad,' meddai Bili Bach yn ôl ei arfer, a rhedodd adref nerth ei draed i ddweud wrth ei fam ei fod wedi 'cynnig yr eiliad' i gael y 'sgoler mawr, mawr' i holi'r Pwnc yn y Capel Bach. Llawenychodd ei fam, a throdd y llawenydd yn dristwch am nad oedd ei dad, pwy bynnag oedd hwnnw, wrth law i rannu ei llawenydd.

Ni chollodd Edwards yr Hafod fawr o amser cyn cysylltu â'r Athro Dolwar Powys-Jones. Oedd, yr oedd yn edrych ymlaen yn arw iawn at y Gymanfa Bwnc a'r Ysgol Ateb.

'Yr Ysgol Ateb?'

'Ie. Rwy wedi trefnu gyda Mr Twm Huws i ddod atoch chi i fynd drwy'r bennod nos Sulgwyn, ac fe fydd yr Ysgol a minnau'n deall ein gilydd yn go dda yn yr oedfa ar fore'r Llungwyn.'

'Mr Jones bach, ma' geirie'n pallu. Dwy i ddim yn gwbod beth i weud.'

'Pleser, Mr Edwards.'

'Beth yw'r tâl am yr holl drafferth, Mr Jones?'

'Y cytundeb rhwng Mr Twm Huws a minnau, os wyf yn cofio'n iawn, yw galwyn o betrol.'

Llwyddodd Edwards i lyncu ei boer a chrafu-dweud 'Diolch yn fawr' a 'Thank you very much' cyn rhoi'r ffôn i lawr fel pe bai'n golsyn eirias.

Brysiodd Marged adref ar hast heb aros i glebran â Sara Gors Ganol ar waelod y lôn yn ôl ei harfer. Yr oedd Tomos yn hanner cysgu ar y sgiw, a llamodd ar ei draed yn wyllt pan glywodd y drws yn agor fel corwynt a Marged yn bloeddio:

'Ble'r wyt ti, Tomos? Treia weud pwy sy'n holi'r Pwnc 'leni?'

'Be sy'n bod fenyw yn dod i'r tŷ fel teiger? Ifans, Biwla, wrth gwrs sy'n holi. Y fe sy'n holi bob blwyddyn, ond dyw e ddim cystal ag o'dd

e. A dim hanner cystal â Williams, gweinidog Biwla o'i fla'n e.'

Dyna'r union eiriau yr oedd Marged am eu clywed, am fod Tomos yn dechrau blino ar Ifans Biwla. Bu adeg pan fyddai Tomos yn mynychu angladdau amherthnasol er mwyn clywed Ifans yn gweddïo, a mawr fyddai ei ganmoliaeth am ddyddiau lawer.

'Pan fydd Ifans yn rhoi 'i law ar 'i glust ac yn gweud am y Cristion yn mofiad drw'r Iorddonen, fe fydd 'na angladd yn reit i wala.'

Gwnaeth Marged yn hysbys i Tomos na fyddai Ifans yn holi'r Pwnc y flwyddyn honno.

'Pwy fydd yn holi, 'te?' gofynnodd yntau, yn awchus am y gwirionedd.

'Dyn ifanc yw e, Tomos.'

'Odw i'n 'i nabod e?'

'Dwy i ddim yn meddwl.'

'O ble ma' fe'n dod?'

'O'r colej. Ma' fe'n B.E. B.D. M.E. a rhwbeth arall.'

'Fydd neb yn 'i ddiall e. Yn y colej ma' 'i le fe, nid yn holi'r Ysgol Sul gyda ni. A beth am dalu'r holl arian iddo fe am ddod?'

'Dim ond galwn o betrol ma' fe'n godi.'

'Ma' rhyw ddrwg yn y cawl, fe gei di weld.'

*   *   *

86

Yn ystod yr wythnos daeth yr wybodaeth fod Edwards yr Hafod wedi sicrhau gwasanaeth yr Athro Dolwar Powys-Jones M.A., B.D., B.Litt., cyn i unrhyw eglwys arall ei gipio o dan drwynau aelodau Ysgol Sul y Capel Bach. Bu Mr Jones y Gweinidog, oedd i ffwrdd y Sul blaenorol, yn gwneud ymholiadau am yr holwr, a dim ond cymeradwyaeth a chanmoliaeth a gafodd o bob cyfeiriad. A phan ddaeth y Sul yr oedd yn amlwg fod yr adfywiad blynyddol o'r Pasg i'r Sulgwyn wedi cael cychwyn addawol iawn. Cyhoeddodd Twm Huws yr arolygwr mai'r bennod ar gyfer yr oedolion oedd y drydedd bennod o Genesis. Yr oedd y dewisiad yn dderbyniol iawn gan yr esbonwyr, a gorfoleddodd Bili Bach hyd yn oed, am ei bod yn bennod mor hawdd dod o hyd iddi, yn wahanol i ryw bennod o ganol epistolau Paul a ddewisid gan Ifans Biwla, oblegid byddai amynedd y saint yn cael ei drethu i'r eithaf wrth chwilio amdani.

Mawr fu'r disgwyl am y Gymanfa Bwnc. Taerai Edwards yr Hafod na chafwyd y fath frwdfrydedd ers blynyddoedd, ac os oedd ef yn dweud hynny gellid cymryd ei dystiolaeth o ddifrif. Er syndod i bawb, gwelwyd Tomos Nant Gors Ddu a Dafi Gors Fach yn bresennol yn y paratoadau brwd, er llawenydd i'r ffyddloniaid a fu'n cadw drws y festri ar agor oddi ar y Gymanfa flaenorol. Ymffrostiai aelodau'r Ysgol Sul fod ganddynt ddyn ifanc, dysgedig, i holi ac edrychid ymlaen at ei bresenoldeb. Yr oedd rhai am fanteisio ar ei athrawiaeth ynglŷn â'r Cwymp yn Eden, ac eraill am ei bwyso a'i fesur, gan amau amcanion y tâl o alwyn o betrol. Oni fuasai'n well iddo roi ei wasanaeth yn rhad ac am ddim? Beth oedd pris galwyn o betrol? Rhyw bunt a chweugain?

Ni chafwyd llawer o hwyl yn yr Ysgol Ateb nos Sul, ond yr oedd yr holwr yn rhoi yr argraff y byddai pethau'n well yn y Gymanfa trannoeth. Braidd yn araf eu hatebion oedd yr esbonwyr, fel pe baent yn ofni cael eu llorio gan y gynffon M.A., B.D., B.Litt. Ond ar fore'r Llungwyn yr oedd tacsi Wil Soffi wedi cyrraedd yn gynnar i gyrchu Tomos a Marged, Leisa Gors Fawr, Sara Gors Ganol a Dafi Gors Fach. Hon oedd y gymanfa gyntaf i Dafi ar ôl iddo golli Leisa ei briod – er mawr hwylustod i Bili Bach, a fyddai bob amser yn drysu rhwng Leisa Gors Fach a Leisa Gors Fawr.

Pan gyrhaeddodd y tacsi ben ei daith yr oedd y capel yn llenwi'n gyflym. Aeth y dynion i fyny i'r llofft ar unwaith er mwyn cael lle, ond gan nad oedd gan y gwragedd ran yn yr oedfa aethant drwy'r festri i'r capel a chawsant le i eistedd yn ymyl y pulpud lle bu Sara yn anesmwyth ac ansefydlog nes iddi benderfynu mynd a'i chot law i'r festri er mwyn cael mwy o le yn y sedd gyfyng. Pan ddychwelodd yr oedd gwên ar ei hwneb nes tynnu sylw chwilfrydig Marged a Leisa. Ond daliodd Sara i wenu.

Ar ben yr awr, pan oedd Mr Jones y Gweinidog yn croesawu pawb i'r Gymanfa cerddodd yr holwr trwy ddrws y festri ar y dde ac eistedd yn y sedd fawr. Wrth i'r gynulleidfa godi i ganu emyn cerddodd Meinir, merch Tom Huws, trwy ddrws y festri ar y chwith, a gwenodd Sara yn lletach nes i Leisa roi proc i'w hasennau â'i phenelin.

Wedi hir ddisgwyl daeth tro'r Capel Bach i adrodd y bennod. Ar ôl cael tawelwch cyhoeddodd Twm Huws â llef uchel megis bloedd Archdderwydd: 'Y drydedd bennod o Lyfr Genesis – pennod o bedair adnod ar hugain.'

Yna, dechreuodd yr holwr ar ei waith a hynny yn ddigon dymunol. Yr oedd yn amlwg ei fod wedi astudio'r maes llafur yn drylwyr – a dechreuodd egluro yr hyn a arweiniodd at Gwymp Adda. Yn sydyn, gwelodd Tomos ei gyfle. Ni fyddai wedi mynychu'r Gymanfa ar ôl bod yn absennol am dair blynedd oni bai i Mr Jones y Gweinidog apelio'n daer am bresenoldeb hen ac ifanc i gadw'r hen draddodiad yn fyw.

'Sgusodwch fi, Mr Holwr.'

Edrychodd llofft a llawr i gyfeiriad Tomos wrtho iddo ddechrau parablu.

'Fe glywes i chi'n gofyn pam gafodd Adda 'i anfon ma's o Ardd Eden. Rwy am ofyn i chi, syr – be fedre fe 'neud yn yr Ardd heb dŵls? Pan fydda i'n mynd i'r ardd fe fydda i'n iwsio pâl, neu grib, neu raw, neu bicwarch. Do'dd dim un gan Adda. Fe glywes i chi'n gofyn – Pam syrthiodd Adda? Os nad o'dd ganddo dŵls i symud yr annibendod, beth arall fyddech chi'n ddisgw'l? Dyna pam yr a'th e ma's.'

Yn sydyn dadebrodd y Gymanfa, a fu mor farwaidd ers llawer blwyddyn, yn fôr o orfoledd a chwerthin. Ar ganol y llawr dawnsiai Bili Bach gan guro'i ddwylo i glodfori ei gyfaill o Nant Gors Ddu.

Chwarae teg i'r Athro Dolwar Powys-Jones am beidio bychanu Tomos. Nid gwawdio'r hen frawd a wnaeth ond defnyddio'r bâl, y gaib, y rhaw a'r bicwarch yn ddelweddau, a'u haddasu'n gyfryngau i lanhau gerddi Duw a buteiniwyd yn rhyfeloedd byd yr ugeinfed ganrif. Sobrodd y gynulleidfa o dan weinidogaeth y lleygwr ifanc dysgedig, a daeth Tomos Williams, Nant Gors

Ddu, yn arwr ymysg aelodau'r Capel Bach, ar fore'r Llungwyn.

Ni wnaeth Marged, na Leisa Gors Fawr, unrhyw sgandal parhaol o'r hyn a welodd Sara pan aeth â'i chot law i'r festri. Dim ond cip a gafodd o gusan Meinir ar wefus Dolwar Powys-Jones a doedd hynny ddim yn cyfrif pan ddaeth y newyddion fod y ddau wedi eu dyweddïo ddeuddydd cyn y Gymanfa. Ond fe gafodd Marged lawer o sylw pan ddyrchafwyd Tomos i oriel yr esbonwyr:

'A meddwl na cha'th e ddim awr o golej.'

'Biti na fydde fe'n gw'bod pwy o'dd 'i dad bach e.'

'Nid o lyfre, ond o'i ben bach e 'i hunan y da'th y syniade am y bâl, a'r gaib, y rhaw, a . . . O ie . . . y bicwarch.'

'Falle ewn ni am wythnos o holides i lan y môr cyn y Gymanfa'r flwyddyn nesa, er mwyn i ti fod yn gryf i ateb yr holwr. Fe ewn ni i le bach tawel lle nad o's 'na fowr o draffic.'

'Bydd yn anodd ca'l baco siwperffein Ringers mewn lle fel'na.'

'Paid gofidio, Tomos bach. Fe bryna i ddigon o faco i ti dros yr holides.'

Cymanfa Tomos Williams, Nant Gors Ddu, oedd y Gymanfa Bwnc y flwyddyn honno.

Tranc yr Ast Felen

Ar ôl y tywydd oer, pan chwythai'r gwynt gerwin yn ysgeler o'r Dwyrain, daeth awelon tyner, annisgwyl, dros dir yr ymylon i sirioli pawb, a chododd awydd ar Marged i fynd ati i lanhau'r llofft. Gwelwyd y ffenestri'n cael eu hagor, a'r matiau'n cael eu hysgwyd yn ffyrnig nes bod y llwch yn codi'n gymylau megis diwrnod dyrnu.

Ymddangosodd Leisa Gors Fawr wrth dalcen ei thŷ, ac edrychodd Sara Gors Ganol yn syn drwy ffenestr y llaethdy, a phenderfynodd y ddwy fynd i'w llofftydd i erlid y corynnod, a rhoi tipyn o awyr iach y gwanwyn cynnar i'r matiau. Yr oedd diwrnod prysur yn yr arfaeth.

Ar yr un adeg o'r dydd, penderfynodd Mr Jones, bugail praidd y Capel Bach, ysgwyd y gaeaf o'i goesau i fynd ar daith fugeiliol i Nant Gors Ddu, Gors Fawr a'r Gors Ganol, nid am fod mawr angen am hynny, ond am ei fod yn tybio y byddai awelon yr unigeddau'n lles i'w ysgyfaint ac yn donig i'w enaid.

Nid oedd gan Tomos un gorchwyl arbennig oedd yn gofyn am ei sylw. Ni fyddai'r defaid yn dechrau bwrw eu hŵyn am o leiaf wythnos arall, ac yr oedd yn rhy gynnar i balu'r ardd, er

92

fod y tywydd braf yn ei demtio i wneud hynny. Felly penderfynodd fynd i fyny i'r Banc i fwrw llygad dros y defaid, a chwibanodd ar yr Ast Felen, ond ni chafodd unrhyw ymateb. Chwibanodd drachefn, ond nid oedd sôn amdani yn unman. Gan na ddaeth yn ôl ei harfer aeth i'r stabl i chwilio amdani, ac fe'i gwelodd yn gorwedd yn ei hyd yn yr hanner tywyllwch yn ymyl y bocs siaff.

'Be sy arnat ti heddi, y bodren bodor?'

Cyffyrddodd â chorff yr ast â'i droed, a sylweddolodd fod yr Ast Felen wedi trigo.

Y broblem nesaf oedd dweud wrth Marged am yr amgylchiad. Ond sut fyddai hi'n derbyn y newydd trist? Un o rinweddau Marged oedd ei dawn i gymryd at anifail, a'i drin fel un o'r teulu. Cystal iddo yntau gyfaddef, yr oedd rhyw hiraeth sydyn yn crafangu yn ei fron, ac wrth iddo orlwytho ei bibell â phinsiad helaeth o faco shàg teimlai ei ddwylo'n crynu. Daeth rhyw ysgwyd drosto fel ton, a'r chwys oer yn treiglo i lawr dros ei feingefn.

Clywodd sŵn cleber yn dod o gyfeiriad y tŷ, a Marged yn gweiddi nerth ei phen arno. Gwthiodd ei gern gydag ymyl drws y stabl a gallai weld ei weinidog yn dilyn Marged gydag ymyl y palis i'r tŷ. Aeth Tomos i'w dilyn yn ddiolchgar, gan y byddai presenoldeb Mr Jones

yn help i dorri'r newydd i Marged am ymadawiad yr Ast Felen.

Byddai'n well gan Marged pe bai Mr Jones wedi gohirio ei ymweliad am ei bod hi yng nghanol ei hannibendod ar hanner glanhau'r llofft. Fe wnâi de iddo ef a Tomos yn nes ymlaen, a gallent glebran faint a fynnent.

'Mr Jones bach, ry'ch chi wedi dod i ganol aflerwch heddi.'

'Peidiwch trafferthu, Mrs Williams.'

'Rown i ar ganol glanhau lan stâr. Dyna beth od na chlywes i yr ast yn cyfarth.'

Bu Tomos bron tagu wrth iddo lyncu ei boer. Ni wyddai Marged fod yr ast y tu hwnt i bob cyfarth. Byddai'n well iddo ddweud wrthi am wneud te y funud honno fel y gallai yntau dorri'r newydd trist. Ond yr oedd Marged yn edrych allan drwy'r ffenestr.

'Tomos, ma'r defed 'na yn bwrw lawr am y ffens. Da thi, hel yr ast ar 'u hôl nhw. Sgusodwch ni, Mr Jones bach, yn clebran fel hyn am y defed, ond yr adeg 'ma o'r flwyddyn ma' nhw'n niwsens.'

'Popeth yn iawn,' meddai Mr Jones, wrth symud i fyny ar y sgiw o gyrraedd gwres y tân.

'Galw ar yr ast 'na, Tomos. Ma'r defed yn siŵr o dorri ma's drw'r ffens,' meddai Marged wedyn.

Yr oedd yn rhaid iddo ddweud wrthi. Nid oedd modd osgoi.

'Marged. Ma'r Ast Felen wedi trigo.'

Rhwng gwres y tân a'r brofedigaeth torrodd bwrlwm o chwys o dalcen Tomos, ac edrychodd i lygaid ei weinidog. Gwenodd Marged yn ddwl ac yn hurt arnynt cyn i'r gwirionedd suddo'n greulon i'w hymennydd. Yna, sylwodd y ddau ddyn ar y wên yn cilio'n araf, a'r gwrid yn goresgyn ei gruddiau gwelw. Aeth y llaw oedd yn dal y ddysgl fenyn i grynu fel deilen yn y gwynt, a byddai'r ddysgl a'r menyn wedi syrthio yn slachdar i'r llawr oni bai i Mr Jones lwyddo i'w hachub.

'Dowch chi, Mrs Williams. Steddwch lawr am funud.'

Ond rhuthrodd Marged i'r llofft a'r dagrau'n byrlymu o'i llygaid llaith. Nid gast gyffredin oedd yr Ast Felen, ond un a fu'n rhan annatod o deulu bach Nant Gors Ddu am un mlynedd ar ddeg.

Ymhen ychydig amser, sylweddolodd Marged ei bod wedi gwneud ffŵl ohoni ei hun ym mhresenoldeb ei gweinidog. Sychodd ei dagrau ac aeth i lawr y grisiau i'r gegin.

'Mr Jones bach. Ma'n ddrwg calon gen i.'

'Rwy'n deall yn iawn, Mrs Williams. Colled fawr yw colli creadur ffyddlon, ac y mae gast ffyddlon yn un o'r creaduriaid agosaf at ddyn.'

Cafodd Marged bwl arall o grio. Fel yna y bu hi tra oedd y gweinidog yno, ond fel y dywedodd Mr Jones, 'Mae crio yn falm mewn profedigaeth.'

Aeth yr hanes am ymadawiad yr Ast Felen fel tân gwyllt drwy'r fro, ac i lawr yn y pentref bu Bili Bach yn lledaenu'r newydd o dŷ i dŷ. Yr oedd yn amlwg fod pawb yn cydymdeimlo â Tomos a Marged yn eu colled enfawr. Anfonodd Miss Jones, Tŷ Capel, a Lisi Jên y Post Offis neges gyda'r Postman Mowr i fynegi mor flin oeddent o glywed am y brofedigaeth, ac fel yr oedd Fflei, yr Ast Felen, mor groesawus bob amser wrth y postmyn. Eisteddodd Corsfab, y bardd methedig, yn hir yn ei hoff gadair o flaen ffenestr y parlwr i ysgrifennu pryddest goffa i 'Ffrind ddi-ddannedd y Llythyrgludyddion' a chafodd hwyl arni. Wrth eistedd yn y gadair gyffredin honno y cyfansoddodd Corsfab ei gampweithiau llenyddol, ac yr oedd yr amgylchiad trist hwn yn gofyn am gerdd gofiadwy a fyddai'n cael ei hadrodd am flynyddoedd. Ond oherwydd twpdra'r golygyddion, neu eu hanallu i werthfawrogi talent Awen, ni chafodd y bryddest ei chyhoeddi mewn un papur lleol nac enwadol.

Mae'n wir y gellid bod wedi ei hargraffu'n breifat, ond nid oedd gan y bardd ddigon o adnoddau ariannol ar gyfer y fenter honno.

Cafwyd awgrym gwych gan rywun y byddai'n syniad da i'w hargraffu ar y dudalen wag yng nghefn Almanac y Co-op, ond yr oedd pwyllgor y cwmni lleol hwnnw wedi penderfynu argraffu enwau cadeiryddion y Co-op yn ystod hanner canrif ei fodolaeth, a dadleuai Ianto, brawd-yng-nghyfraith Corsfab, ei bod yn weddol amlwg nad oedd eu blaenoriaethau'n iawn.

Ni thorrodd y bardd ei galon, a daliai i gredu mai hon fyddai ei gerdd fawr, oblegid am a wyddai ef nid oedd yr un prydydd – hyd yn oed yn Lloegr – wedi llunio marwnad i ast. Eto, yr oedd yn cael ei flino gan y ffaith ddiamheuol mai prin iawn yw'r odlau Cymraeg. Beth oedd i odli â 'gast' heblaw 'hast' a 'ffast' – ac nid oedd yr un o'r ddau ansoddair yn ddisgrifiad gonest o'r Ast Felen. A dyna'r gair 'geist' wedyn. Pa air y gellid ei ddefnyddio i odli â 'geist'?

Beth bynnag am hynny, fe all y gwir fardd oresgyn pob anhawster, a chlodd Corsfab ddrws ei barlwr gan obeithio na ddeuai neb heibio tra byddai ef yn godro ei Awen laethog.

*   *   *

I lawr yn y pentref yr oedd cyffro mawr. Ar ei ffordd i gyrchu pensiwn ei fam yr oedd Bili

Bach pan welodd yr hysbyseb yn ffenestr gweithdy'r crydd:

WELSH SHEEP DOG
GIVEN AWAY TO A GOOD HOME
APPLY: MISS GARDNER, SHOP ISSA

Carlamodd Bili Bach adref nerth ei draed, y pensiwn yn ei ddwrn, a'r syniad yn ei ben y byddai'r ci defaid oedd yn cael ei hysbysebu yng ngweithdy Daniel Crydd yn greadur delfrydol i gymryd lle'r Ast Felen yn Nant Gors Ddu, yn arbennig felly am ei fod yn cael ei roi i ffwrdd i gartref da heb ofyn unrhyw dâl.

Nid oedd amser i'w golli. Taflodd bensiwn ei fam ar y bwrdd, ac i ffwrdd ag ef i chwilio am Hanna Marina gan mai hi oedd yr unig berson cyfrifol y gallai ef ymddiried cyfrinach bwysig iddi, a chael gwrandawiad astud a chydym-deimlad yr un pryd.

Daeth o hyd iddi ar ei gliniau yn gosod trap llygoden o dan fwrdd yr eil. Rhuthrasai Bili Bach i'r tŷ mor sydyn a swnllyd nes i'r trap gau yn glep am ei bys, a gorfu iddo encilio i'r cartws a sefyllian yno i ddisgwyl am yr adeg gyfaddas pan fyddai Hanna Marina wedi gorffen rhegi, a choncro ei thymer wyllt wrth gusanu ei bys clwyfus.

Ar ôl iddi gymedroli, llefarodd yn hyglyw: 'Beth yw dy hast, yr hen labwst lletchwith? Fe alle'r ofan fod yn ddigon i fi, a phwy fydde wedyn yn helpu dy fam i gadw gwardd arnat ti? Y blewgi bach ag wyt ti!'

Safodd Bili Bach y tu hwnt i gyrraedd bonclust oddi wrthi i ddweud ei neges, ac er mawr syndod iddo yr oedd hithau'n hoffi'r syniad. I brofi ei bod o ddifrif aeth i chwilio am gordyn beinder i arwain y ci-anrheg i Nant Gors Ddu, gan obeithio y byddai Tomos a Marged yn barod i dderbyn yr anifail. Ni fedrai feddwl yn wahanol gan fod y defaid yn rhoi yr argraff eu bod yn gwybod nad oedd yr Ast Felen ar dir y byw mwyach. Brythent yn ddrygionus a di-wahardd drwy'r perthi a'r ffens a'r cloddiau, yn cael eu harwain gan y sbralen haerllug, benllwyd, oedd yn gofyn am borthmon neu farchnad, er ei bod yn magu ŵyn da, ond plant a fyddent maes o law yn sgwlewns fel eu mam.

'Ma' gyda ni hefer o broblem,' meddai Hanna Marina.

Yr oedd Bili yn falch iddi ddweud 'ni'. Eisteddodd yn ei hymyl, ond nid yn rhy agos, rhag ofn fod y fonclust yn ddyledus o hyd.

'Wyt ti'n gweld, Bili,' meddai hi, 'y broblem yw problem iaith.'

Nid oedd Bili'n deall. Pam na fyddai hi'n

dweud yn blaen, yn hytrach na phrepian am broblem iaith?

'Ci'n cyfarth "bow-wow". Dim siarad,' meddai Bili.

'Rwyt ti'n iawn. Ro'dd Tomos a Marged Williams yn siarad Cymrâg â'r Ast Felen. Rwyt ti'n gweld y broblem, Bili. Ma' Miss Gardner, Shop Issa, yn siarad Saesneg â'r ci.'

Yr oedd Bili'n deall erbyn hyn, ond wedi gwylltio'n lân.

'Bingo . . . bingo . . . bingo. Rwy'n gwbod nawr. Hela Tomos a Marged i ysgol fowr i ddysgu Sysneg . . . bingo . . . bingo.'

Ond er y broblem, brasgamodd Hanna Marina i lawr i'r Siop Isaf a Bili Bach yn trotian yn fyr ei anadl o'r tu ôl iddi fel cyw cloff yn dilyn iâr, nes dod o hyd i Miss Gardner yng nghefn y tŷ yn berwi llysiau iachusol mewn crochan cast.

Eglurodd Hanna Marina mewn Saesneg ail-iaith beth oedd pwrpas ymweliad y ddau ohonynt. Fe wyddai hi am yr hen bâr hen-ffasiwn oedd yn byw yn y berfeddwlad, sef 'the funny old couple who live in the outback'. Yr oedd yn derbyn addewid Hanna Marina na fyddai Zeemon yn brin o fwyd 'in that farm that I cannot pronounce (why should I?), but what about the quality of the food?' Aeth ymlaen i feio'r trigolion lleol am nad oeddent yn bwydo'u cŵn a'u cathod fel y dylent. Ond yr oedd hi'n fodlon i Zeemon fynd i'r fferm 'with that queer, unpronouncable label' a phwysleis-iodd nad oedd ei chi anwes i gael ei gam-drin na'i ddifrïo yn ystod ei ddydd prawf o bedair awr ar hugain. A phwysleisiodd yn ychwanegol nad oedd Mr a Mrs Williams i daflu pob sothach megis crystiau bara ac esgyrn i Zeemon.

Bu Miss Gardner, ac fe ddylid dweud hyn, yn ddigon gonest i gyfaddef fod problem ynglŷn â'r ci – yr oedd yn fwytawr ysglyfaethus, a gallai fwyta cymaint â'r pedwar ci a'r ddwy ast gyda'i gilydd. Oblegid hyn yr oedd hi wedi penderfynu rhoi'r bwytawr yn anrheg i bwy bynnag a fodlonai gynnig rhoi cartref da iddo. Yn ogystal, yr oedd hi am roi ugain pecyn o fwyd ci i'r sawl a gymerai drugaredd ar Zeemon a hithau.

Dechreuodd Hanna Marina feddwl a fedrai Tomos a Marged weld eu ffordd yn glir i gadw ci mor flysig. Mor bell ag y gallai hi weithio'r sym yn ei phen, byddai bwyd Zeemon yn costio dros bunt a hanner can ceiniog yr wythnos, hynny yw, tua pedwar ugain punt y flwyddyn. Ond plygodd i glymu'r cordyn beinder am wddf y ci, a chafodd Bili Bach y fraint a'r anrhydedd o gario hanner y pecyn 'Doggiefeast'.

Felly y cychwynnodd yr orymdaith ryfedd i fyny i gyfeiriad Nant Gors Ddu ar ddydd o

Fawrth – ond diwrnod a fyddai'n un cofiadwy am wythnosau lawer.

Yn ei deublyg yng ngardd Gors Ganol yr oedd Sara, yn plannu shilóts, a Leisa Gors Fawr yn pregethu'r sgandal ddiweddaraf uwch ei phen. Dyrchafodd Leisa ei llygaid a gwelodd yr orymdaith yn disgyn dros ymyl y Banc.

'Jiw, jiw! Edrych, ferch!'

Ar y trydydd cynnig unionodd Sara o'i dau ddwbwl, a'i llaw ar ei chefn. Ni allai hithau gredu ei llygaid wrth weld menyw fawr yn cael ei thynnu gan gi wrth raff hir. A dyn bach â chwdyn ar ei gefn. Yr oedd y weledigaeth yn anhygoel. Ond ryw ddeuddydd ynghynt clywsant rywun yn dweud ar y weierles fod soser hedfan wedi disgyn ar y ddaear. Chwiliasant y ffurfafen â'u llygaid i edrych a welent soser yn dychwelyd i'r gofod.

'Edrych, ferch. Ma' nhw'n mynd i Nant Gors Ddu!' meddai Leisa'n gyffrous.

Aethant i gornel y beudy i gael gwell golwg arnynt. Cododd y dyn bach ei law, a gwasgodd y ddwy i gysgod ei gilydd mewn dychryn. Cyfarthodd cŵn y gymdogaeth yn ffyrnig, ond ni ddaeth cyfarthiad o gyfeiriad Nant Gors Ddu; dim ond atgofion am yr Ast Felen, oblegid yr oedd hi erbyn hyn ymhell o gyrraedd pob syndod a chyfarthiadau daearol.

Stopiodd Tomos yn stond wrth ei waith yn carthu'r beudy, a safodd Marged yr un mor syn wrth iddi gyrchu dŵr o'r pistyll. Yr oedd pethau rhyfedd yn digwydd. Daeth yr orymdaith i fyny o'r cwm ac yn nes at y tŷ. Wedi iddynt ddod yn ddigon agos gwaeddodd Hanna Marina nes bod y garreg ateb yn ei heilio:

'Wedi dod â phresant i chi.'

Chwarddodd Bili Bach, a thraethodd Hanna Marina yn huawdl iawn am yr hyn a ddigwyddodd yn 'Shop Issa'.

Daeth Dafi Gors Fach o rywle a chyrhaeddodd Leisa a Sara ar ôl iddynt ddilyn yr orymdaith â'u trwynau yn ddiogel i Nant Gors Ddu.

'Wyt ti'n meddwl 'i fod e'n saff?' gofynnodd Dafi i Tomos.

'Wel, rwy wedi ca'l 'i bedigri fe gyda Hanna Marina. Dyma fe i ti. Digon o bedigri i alw "chi" arno fe.'

Aeth y menywod i'r tŷ i gael te, gan adael Tomos a Dafi allan gyda Zeemon a Bili Bach.

Ar ôl trafodaeth fuddiol gan y pwyllgor o ddynion daethpwyd i'r penderfyniad unfrydol i ollwng y bwystfil yn rhydd, ac os na fyddai'n pasio'r prawf gellid ei anfon yn ôl o'r lle y daeth.

'Beth am y ffowls, Tomos?' holodd Dafi yn llawn pryderon wrth edrych ar ieir Gors Fach, sef ieir Dafi ei hun, am y clawdd â Chae Bach Nant Gors Ddu.

'Fe'i treiwn e beth bynnag,' meddai Tomos.

'Dwy i ddim yn leicio golwg y creadur,' oedd rhybudd olaf Dafi cyn y gyflafan fawr.

Trwy ras yn hytrach na thrwy ffydd y datododd Tomos y cordyn beinder, a rhoi rhyddid yr unigeddau i'r ci amheus. Cyn gynted ag y cafodd Zeemon ei draed trwsgwl yn rhydd, daeth holl gythreuldeb ei deidiau cyntefig i'r amlwg. Tasgodd i ganol ieir Marged, a gwylltiodd y rheiny'n adenydd ac yn blu i gyd, i'r pedwar gwynt. Wrth iddo geisio atal rhuthr y llofrudd glas cafodd Dafi ei hun ar ei fol yn cusanu'r domen a lledodd y galanastra i Gors Fach. Teithiodd Zeemon hyd yn oed i drigfan Corsfab, ac er na laddwyd yr un iâr yno fe gyffrowyd Awen y bardd.

Ond yr oedd Miss Gardner yn fwy na balch o weld Zeemon yn cyrraedd adref. Y cyfan y medrodd hi ddweud pan gafodd yr holl hanes trist oedd: 'The poor darling is not suitable for hard work.' Ond gofynnwch yn y Llyfrgell Genedlaethol am gael gweld cerdd anfarwol Corsfab i gyflafan fawr y bwystfil Zeemon. Ac nid rhyfedd i'r un bardd gwlad gael y fath hwyl wrth ysgrifennu ei farwnad anfarwol – 'Tranc yr Ast Felen'.

Ffarwél Stan

Pan bedlai Hanna Marina nerth ei thraed o'r Post Offis i fyny i gyfeiriad y mynyddoedd, yr oedd ei phengliniau'n corddi'r awyr yn ddigywilydd, a'i macintosh melyn yn hofran fel baner yn y gwynt. Yn awr ac yn y man gwthiai ei llaw i'w phoced er mwyn gwneud yn siŵr fod y teligram yno, oblegid nid pawb oedd yn cael y cyfrifoldeb o gludo neges bwysig yn enw teyrn Prydain Fawr a'r hyn oedd ar ôl o'r ymerodraeth.

Chwarter awr cyn hynny yr oedd Bili Bach wedi rhedeg draw a'i wynt yn ei ddwrn i ddweud wrthi fod Lisi Jên Post am iddi fynd ar unwaith i Nant Gors Ddu. Daeth y pentrefwyr allan i ddrysau eu tai i weld Hanna Marina a'r beic a'r teligram yn cychwyn ar eu taith swyddogol i wlad y llwynogod a'r eira diweddar.

Ar y goriwaered uwchlaw Trwyn y Gwynt yr oedd Isaac yr hewl yn glanhau'r cwteri ar fin y ffordd pan glywodd ratl swnllyd y beic yn dod tuag ato. Neidiodd o'r gwter a chodi ei raw i'r awyr:

'Dyna goese pert yw coese Hanna Marina! A dyna benlinie siapus!'

'Cer o'r ffordd, y bwch dihangol!'

A dianc i ben y clawdd a wnaeth Isaac pan slaciodd y feicwraig y breciau.

Dal pen rheswm â'r fuwch wrth y ffynnon yr oedd Sara Gors Ganol pan gyfarthodd y ci mwngrel yn besychlyd. Cododd Sara ei golygon mewn pryd i weld y macintosh melyn yn codi sbîd wrth wibio heibio iddi. Yn wyrthiol, bron, llwyddodd i ddianc i ddiogelwch rhwng cynffon y fuwch ac olwyn flaen y beic rhydlyd.

'Yffach, jiw, beth yw dy hast di, Hanna Marina?'

'T-e-l-i-g-r-a-m,' atebodd Hanna Marina nerth ei phen mewn bloedd hir, wrth fynd rownd y tro fel cath i gythraul.

'O's rhwbeth y-n b-o-d?' bloeddiodd Sara.

'T-o-m-o-s W-i-l-l-i-a-m-s wedi ennill y pŵls,' celwyddodd cludydd y teligram.

Tu hwnt i dro'r ffordd yr oedd lluwchfeydd eira yn dwmpathau gwasgarog rhyngddi a phen ei thaith nes ei gorfodi i gludo a gwthio'r beic bob yn ail. Ond er chwysu a chwythu, trosglwyddo'r teligram oedd y flaenoriaeth.

Roedd Hanna Marina mewn hwyliau drwg. Dechreuodd regi'r gwleidyddion am gyflwr y wlad ac am nad oedd arian ar gael i glirio'r ffyrdd mynyddig. Pa synnwyr cwtogi ar wario pan oedd hynny'n arafu dosbarthiad teligram pwysig y Post Brenhinol? Daeth i olwg Nant

Gors Ddu pan oedd yr haul blinedig yn paratoi i fynd i'w wely'n gynnar.

Eisteddai Tomos ar siafft y gambo yn y cartws pan welodd rywbeth tebyg i eryr mawr melyn yn dod i lawr at y tŷ – nid ar hyd y ffordd, ond dros y llechwedd. Credodd am funud mai parasiwt yn disgyn ydoedd, oblegid clywsai am ddigwyddiad felly yng Nghwm Elan rai wythnosau ynghynt. Gwaeddodd ar Marged, a daeth hithau allan a'i breichiau'n drochion o bowdwr golchi.

Erbyn hyn yr oedd yr eryr mawr melyn wedi dod yn ddigon agos iddynt ei adnabod fel Hanna Marina yn bustachu ei ffordd i gyfeiriad y tŷ. Yr oedd yn amlwg nad oedd hi a'r beic hynafol ar delerau da â'i gilydd.

'Pam na fyddet ti wedi cered, yn lle hwpo'r contrapshon rhyfedd 'na mor bell?' meddai Tomos, ond ni chafodd ateb am fod ganddi rywbeth amgenach i'w gyhoeddi.

Safodd Hanna Marina yn syth o flaen Tomos a Marged. O'i phoced tynnodd allan amlen felen.

'Teligram i chi,' cyhoeddodd.

Neidiodd Tomos ar ei draed, a gwelwodd Marged wrth geisio meddwl yn ei gwylltineb pa berthynas oedd wedi marw. Gobeithiai nad oedd yn berthynas agos, gan nad oedd ganddi ddillad teilwng i fynd i'r angladd.

'Agor e, a'i ddarllen,' gorchmynnodd Marged mewn llais crynedig.

Eglurodd Hanna Marina nad oedd hi am ei agor na'i ddarllen, ac esboniodd mai ei busnes hi oedd cludo'r teligram a'i estyn yn ddiogel i'r sawl yr oedd ei enw ar yr amlen. Ar ôl y perfformiad hwnnw yr oedd ei gorchwyl a'i chyfrifoldeb hi yn dod i ben.

Sychodd Marged ei dwylo â'i ffedog gynfas, gafaelodd yn y teligram a'i agor yn ofalus. Yna, a'i llais yn torri ar y distawrwydd llethol, darllenodd ei gynnwys:

STAN PASSED AWAY
FUNERAL WEDNESDAY

Y dywededig Stan oedd Stan, gŵr Sara Phebi, merch i gefnder Marged o Gwm Aberdâr; a thad 'Bilco' a arferai ddod ar ei wyliau cofiadwy i Nant Gors Ddu. Rhoddodd Tomos ochenaid o ryddhad am y gallai'r neges yn y teligram fod yn fwy difrifol. Mae'n debyg nad oedd Stanley yn un o bileri unrhyw achos crefyddol nac yn un o golofnau cymdeithas ddiwylliedig.

Edrychodd Tomos ar Marged. Ystyriai mai ei ddyletswydd ef fel un o'r tylwyth-yng-nghyfraith oedd rhoi arweiniad llafaredig.

'Ma'n well i ti ofyn i Hanna Marina 'weud wrth William Jones am ddod â'r tacsi, ddydd Mercher.'

Llwythodd ei bibell yn orlawn o faco, wrth feddwl am yr holl gostau o fynd i angladd perthynas pell a dreuliodd ei oes mewn rasys milgwn.

Gwrthododd Hanna Marina fynd i'r tŷ i gael pryd o fwyd am ei bod am gyrraedd adref cyn iddi ddechrau nosi. Ond yr oedd cais arall gan Marged.

'Wnei di ofyn i Sara Gors Ganol ddod yma? Rwy am 'i gweld hi o hyn i heno.'

'Fel y banc,' atebodd hithau.

Gafaelodd Hanna Marina yn chwyrn yng nghyrn y beic ac i ffwrdd â hi gan fwmian, 'Stangwrsaraphebi' rhag ofn iddi anghofio. Ar ôl cyrraedd copa'r rhiw neidiodd ar gefn y beic. Nid oedd angen iddi wneud dim ond cadw ei bysedd ar y breciau a'i thraed yn llonydd ar y pedalau i fynd i lawr y goriwaered, a mwmian 'Stangwrsaraphebi' o hyd ac o hyd.

Hedfanodd awyren yn isel, a phlygodd Hanna Marina ei phen.

'Stangwrsaraphebi.'

A oedd Isaac yr hewl wedi codi ei ben? Yr hen ddyn brwnt!

'Stangwrsaraphebi.'

Yr oedd Sara Gors Ganol yn dal i godi dŵr o'r ffynnon i'r fuwch.

'Ma' Marged Williams yn gofyn i chi alw.'

'Reit. Beth o'dd yn y teligram?'

'Stangwrsaraphebi wedi marw. Claddu dydd Mercher.'

Diflannodd Hanna Marina rhwng coed y gwastadeddau, a chyn i'r fuwch gael ei gwala o ddŵr y ffynnon yr oedd Sara wedi ei gyrru ar frys yn ôl i'r beudy. Yna rhedodd ar drot mochyn i'r eil i olchi blaen ei thrwyn â diferyn o ddŵr oer a sebon carbolic cyn taflu ei siôl ddu dros ei phen a bwrw draw at Tomos a Marged. Wrth agosáu at Nant Gors Ddu sylweddolodd ei bod wedi anghofio ei chadach poced i alaru, ond os byddai angen gallai sychu ei dagrau â chornel ei ffedog gingam.

Nid oedd yn arferiad ganddi gnocio cyn agor y drws, ond y tro hwn gwnaeth hynny'n barchus ac yn ysgafn, a cherddodd i mewn yn araf ac yn drist. Tomos oedd y cyntaf i siarad.

'Dere miwn, Sara.'

Cafodd Marged bwl o grio. Cnodd Sara ei gwefus i lunio gwep alarus.

'Bydd colled fawr ar 'i ôl e.'

Ni chytunai Tomos.

'Falle bydd colled yn y Clwb a lawr yn y rasys milgwns. Fe welodd Sara Phebi amser

111

caled. Diolch i'r Brenin Mowr am 'i symud e o'r ffordd.'

Daeth Marged yn well ar ôl clywed hynny.

'Ma' gen i broblem,' meddai hi wrth Sara. 'Do's gen i ddim pilyn teidi i fynd i'r angladd.'

Poerodd Sara yn ddoeth ac yn boléit dros y ffender i'r tân. 'Jiw, ferch. Dere i'r dre, ma' sêl yn Siop D.J.'

Ac felly y bu pan aeth Wil Soffi â'r ddwy i sêl D.J. yn gynnar fore Llun. Yr oedd Marged wedi meddwl cael cot ddu, ond gan fod Tomos wedi dweud heb flewyn ar ei dafod fod Stan wedi trafod Sara Phebi mor wael, dewisodd got frown oedd yn fargen am ugain punt, ac ni phoenodd i brynu het am iddi gofio fod ganddi het ddu nad oedd wedi ei gwisgo ond unwaith.

Bu'n bwrw glaw yn drwm yn ystod y nos ac erbyn bore Mercher, dydd yr angladd, nid oedd llawer o eira yn aros ar y tir uchel a medrodd Wil Soffi fynd â'i dacsi i waelod y lôn gul oedd yn arwain at Nant Gors Ddu, er mwyn mynd â Tomos a Marged, a Sara Gors Ganol, i angladd Stan.

Nos Fawrth bu dau danllwyth o dân ar aelwydydd Nant Gors Ddu a Gors Ganol er mwyn cael y dillad yn demprus erbyn bore trannoeth. Cafodd Daniel, gŵr Sara, dipyn o hwyl wrth weld ei wraig yn plygu'n drafferthus i dorri ei hewinedd ar y sach Spillers o flaen y tân mawr.

Ar aelwyd Nant Gors Ddu edrychai Marged yn amheus ar y got donci brown o sêl D.J., a theimlai braidd yn euog am nad oedd ganddi got ddu ar gyfer yr amgylchiad. Ond o gofio fod Stan wedi gwario a gwastraffu ffortiwn ar gwrw a milgwn, fe'i cysurodd ei hunan nad oedd yn haeddu cot ddu.

Yr oedd digon o amser trannoeth, gan mai am dri o'r gloch y prynhawn yr oedd yr angladd o'r tŷ i'r fynwent. Mae'n debyg nad oedd Stan wedi bod yn aelod mewn unrhyw gapel, er ei fod yn ffyddlon iawn yn y Clwb ers blynyddoedd.

Daeth Hanna Marina i fyny ar ei beic i Gors Ganol i gadw llygad, neu yn hytrach bâr o lygaid, ar Daniel, gŵr Sara. Yr oedd yr hen ŵr erbyn hyn fel hwnnw yn y Testament Newydd, yn tueddu i syrthio yn fynych yn y dŵr, ac yn fynych yn y tân. Ond taerai Hanna Marina nad oedd nam ar ei gyneddfau rhywiol, a dyna pam y cadwai hi'r brwsh yn gyfleus y tu cefn i'r sgiw, mewn cilfach lle na allai Daniel ei gyrraedd.

Y peth olaf a wnaeth Sara cyn cychwyn o'r tŷ oedd ei rybuddio'n fygythiol: 'Cofia di wrando ar Hanna Marina. Cofia di beidio mynd ma's i'r boudy os na fydd raid i ti. A gofala ar dy ened nad ei di'n agos at y tân.'

A Daniel yn dweud dim byd, dim ond edrych ar y wal a golwg ddrygionus arno. Yr oedd ganddo brynhawn hir ar ei hyd i bryfocio Hanna Marina. Ni hidiai pe na ddychwelai Sara am wythnos neu ragor.

*　　*　　*

Yn union am hanner awr wedi deg wrth ymyl y bont ar waelod y lôn llithrodd y tacsi yn esmwyth ar ei daith heb unrhyw arwyddion o angladd na galar. Eisteddodd Tomos yn gartrefol yn ymyl y gyrrwr, sef William Jones, alias Wil Soffi. Yn y sedd ôl yr oedd y ddwy fenyw yn ymddiddan am sefyllfaoedd na ddylai'r sôn amdanynt ddisgyn ar glustiau dynion. Ond yn awr ac yn y man plygai'r ddwy ymlaen a gwthio'u trwynau drwy gymylau o fwg baco Tomos. A Marged yn holi wedyn, 'Beth yw'r moniwment 'na, William Jones?'

Yntau'n ateb fel yr aeth y goits fawr i lawr yn bendramwnwgl i'r cwm pan oedd y gyrrwr yn feddw. A Tomos a Marged a Sara yn synnu at wybodaeth Wil Soffi.

Sara wedyn yn synnu ac yn gofyn, 'Dyco ffarm unig, William Jones, a dim coeden yn agos.'

William Jones yn adrodd stori drist a

thrychinebus am lofruddiaeth yn y ffermdy hwnnw. Y ddwy fenyw yn ymdawelu a Tomos yn dweud wrtho'i hun y fath ffŵl oedd y llofrudd, yn dewis tŷ heb goeden yn agos iddo fedru dianc a chuddio; ac fel yna o stori i stori, ac o olygfa i olygfa, y cyrhaeddwyd Aberdâr yn gynnar iawn ar ddydd angladd Stan, gŵr Sara Phebi, merch i gefnder Marged.

Gosododd Wil ei gap-a-phig yn drefnus ar ei ben fel y gweddai i amgylchiad o'r fath. Daeth allan mor urddasol â phe bai'n gweini ar bwysigion o flaen Palas Buckingham. Yr oedd popeth yno ond y salíwt. Disgynnodd Sara yn araf ac yn olaf ar y stryd nes i'r olygfa ei tharo yn ei thalcen. Sut yn y byd mawr yr oedd y deiliaid yn adnabod eu tai – oherwydd yr oedd pob tŷ yr un fath.

Cawsant groeso cynnes, ac nid oedd yno fawr o arwyddion galar. Yr argraff a gafodd Sara Gors Ganol oedd fod pob un yn mwynhau ei hun. Mae'n wir fod Sara Phebi wedi cael pwl bach ysgafn pan welodd hi Anti Marged ac Wncwl Tomos, ond pharodd e ddim yn hir.

Ni wyddai Tomos beth i'w ddweud wrth Bilco a Rozanne, ei gariad. Eisteddai'r ddau yn swci yn ymyl ei gilydd ar y soffa, gan rannu sigarét bob yn ail. Ond yr oedd Sara Phebi yn ffwdan i gyd:

'Jiw, rwy'n falch 'ych gweld chi. Dowch i ga'l dished o de. A ble ma'r dreifer?'

Ond yr oedd Wil Soffi eisoes yn derbyn ei de a'i ymborth o ddwylo modrwyog un o'r cymdogion, ac yn clebran yn gellweirus yn ôl arfer dreifers pell.

Daeth Wncwl Jared o rywle yn wên o glust i glust fel pe bai'n ddiwrnod priodas. Nid oedd Tomos na Marged erioed wedi clywed amdano, a sibrydodd Marged yng nghlust Tomos nad oedd e'n perthyn i'w theulu hi, felly rhaid ei fod o dŷ a thylwyth Stan.

Ond fe aeth Wncwl Jared i eistedd yn ymyl Tomos, nid wrth y bwrdd chwaith gan mai cwpanaid mewn llaw a phlât ar arffed oedd y drefn. Roedd hynny'n drafferthus iawn, yn enwedig pan fyddai Wncwl Jared yn ymestyn ymlaen, a'i drwyn hir yn treiddio i fwstásh Tomos wrth draethu am rinweddau Stan.

'Welwch chi'r cwpane a'r plâts arian 'co?'

Dyrchafodd Tomos ei lygaid o'r plât ar ei arffed, a'r cwpan yn ei law, i fyny at y cwpwrdd oedd yn llawn troffis. Yr oedd ymffrost ac edmygedd yn llais Wncwl Jared:

'Stan 'nillws y lot yna i gyd acha milgwns. Dyna'r boi gore ddotws fyzl am drwyn milgi ariôd,' meddai, gan daro braich Tomos wrth yrru'r neges a phwysleisio, nes i de Tomos dasgu ar draws cot newydd, donci brown, Marged. Ond ni sylwodd honno wrth iddi ddal i edrych yn syn ar Bilco a Rozanne yn llyfu ei gilydd wrth dalcen y cwpwrdd gwirodydd. Cafodd fwy o syndod pan welodd hi Sara Phebi yn cusanu rhyw foi blewog yn y gegin gefn, a hynny cyn i'r saer gyrraedd i roi'r caead ar arch Stan.

Edrychodd Tomos ar lun milgi ar y wal. Gwelodd Wncwl Jared ei gyfle:

'Capten yw hwnna. Fe gwplws y milgi 'na ddeucen o sgwarnogos. Glywsoch chi mo 'anas Capten? Wy'n cofio am y ffeinal yn Arms Park yn Cyrdydd a milgwns gore England a Wales yn compîto. Fe gwrddws y Comiti 'annar awr cyn y ffeinal rhag ofan i'r Capten gydiad yn y sgwarnog letric â'i ddannedd. Dyna'r milgi ffasta dan 'aul a ll'uad am sgwarnogos.'

Disgleiriai llygaid Wncwl Jared wrth iddo ddyrchafu'r Capten pedeircoes i'r fath raddau fel na welwyd yr un ysgyfarnog o gwmpas Aberdâr ers blynyddoedd. O gofio eu bod ar aelwyd tŷ galar, nid oedd gan Tomos yr amgyffred lleiaf beth oedd y cysylltiad rhwng deinamics coesau milgi ac athroniaeth anfarwoldeb yr enaid. A beth yn y byd oedd y gwahaniaeth rhwng sgwarnogos a sgwarnogod?

* * *

Cododd y Bugail Jim ar ei draed. Gwenodd ar bawb fel pe bai'n mynd i ddweud jôc. Yr oedd golwg hapus arno.

'Friends. I've got good news for you.'

'Glory be. Bless the Lord.'

'Stanley is not dead. He is alive . . .'

'Amen . . . Hallelujah! Haleliwia!'

'Our Stan has made a fool of Death . . .'

'Diolch iddo. Well done God. Amen.' [Ac yn y blaen] . . .'

Ni ofidiai Marged erbyn hyn fod Tomos wedi gadael ei facyn poced ar ôl ar y bwrdd yn ymyl ei wely.

Dim ond y dynion a aeth i'r fynwent. Ni chofiai Tomos yn ddiweddarach ond am un digwyddiad, a hwnnw'n ddigwyddiad rhyfedd, fel y dywedodd ef ei hun wrth Dafi Gors Fach ail-trannoeth i'r amgylchiad:

'Ma'r peth yn efengyl i ti, Dafi, creda di neu beidio. Pan o'dd y gynulleidfa'n canu "O frynie Ca'rsalem" ar lan y bedd, fe dda'th y sgwarnog 'ma o r'wle, ac fe ddawnsiodd. A dyna sy'n od, fachgen, welodd neb arall hi.'

Ni ddwedodd Tomos fod Wncwl Jared wedi rhoi dos go dda o frandi iddo cyn iddynt fynd allan i'r oerfel.

Pan glywodd Corsfab am weledigaeth Tomos

aeth i'r parlwr a chloi'r drws ar ei ôl. A dyma
ffrwyth ei Awen:

Pan roddwyd Stan i orffwys
    Yn dawel mewn hir hedd,
Fe welwyd ysgyfarnog
    Yn dawnsio ar ei fedd.

A dyma sydd yn rhyfedd
    Yn ôl yr hyn a fu:
Yr unig un a'i gwelodd
    Oedd Tomos Nant Gors Ddu.

'Dyna bishyn bach neis,' meddai Marged wrth
gymryd y siswrn er mwyn ei dorri i'w osod yn y
Beibl.

Ac fe'i gosododd i orffwys yn esmwyth
rhwng Malachi a Matthew. Rhwng yr hen a'r
newydd:

'Bydd yn hawsach dod o hyd iddo fan'no,'
meddai.